中公文庫

夜に迷って

赤川次郎

中央公論新社

目次

夜に迷って

囁《ささや》く夜

それは夢の中の声のようでもあった。

「真夏の夜の夢」と呼ぶには少し遅い、もう秋風の立ち始める九月の末のことである。

「——ちはるさん？」

と、その声は言った。「本当なの、それ？　確かに見たの？」

——ちはる、か。

沢柳伸男は夢うつつの中で、ぼんやりと聞いていた。ちはる。智春《ちはる》。うちの奴《やつ》と同じ名前だな……。

「でもねえ……。へえ！」

「凄《すご》いわよ。ね、そうでしょ？」

「しっ。大きな声出さないで」

充分に大きな声だよ、と沢柳伸男は思っておかしくなった。人に聞かれたくないのなら、バスの中なんかでしゃべらなきゃいいんだ。

まあ、確かに——夜も十時を回っているので、バスがガラ空《あ》きなのは事実。

駅から社宅へ向う途中は大して人家もなく、たいていのバス停を通過してしまうので、余計に速い。

「じゃあ、あのコーチ？」

「そう！　よくあんなキザったらしいのとねえ」

「あら、前にあなた『すてきよね』って言ってなかった？」

「そんなこと言った、私？」

女ばかり三人。いや四人かな？　まあ、どっちだって大して違いはないが。

振り返ってわざわざ顔を見ようという気にはなれなかった。何しろニューヨークへの出張から帰ったところだ。ヨーロッパよりもアメリカの方が時差はきつい。

バスの中で、沢柳伸男はじっと目をつぶっていた。眠りそうで眠らないという芸当を得意技としているのだ。後ろの席の噂話《うわさばなし》に耳を傾けているのも、眠らないためにはいいかもしれない。

「確か、先週一杯よね、あのコーチ？」

「そう。で、送別会があったの。私の所からよく見えるでしょ、集会所。ずいぶん遅くまでやってたわよ。十時近かったんじゃない、終ったの？」

「でも……」

バスがギヤを入れかえたのか、エンジン音が高くなって、一時会話は聞こえなくなった。

あの坂だな。——沢柳伸男には、今バスがどこを走っているか、目をつぶっていても分る。このバスで通勤している者なら、誰でもそうだろう。

智春……。二週間ぶりか。

もちろん、たった二週間で妻がどう変るというものじゃない。娘の有貴《ゆき》だって、いくら育ち盛りの中学一年生といっても、二週間で何センチも背が伸びるわけじゃないだろう。

それでも「久しぶり」という気持になるのは、それだけ我が家の居心地がいいから、ということだ。

バスがゆるい下りにかかり、スピードが上った。これでカーブを二つ曲ったら社宅の中へ入る。もっとも社宅は大きな団地になっているので、バス停が四つもある。彼が降りるのは三つめだった。

「——どう見ても、あれは間違いないわ」

また、話が耳に入って来た。

「でも、ご主人が——」

「出張。ほら、社長さんについて」

「ああ！　主人が言ってたわ。いつも息子さんを連れてくんだって」

「行く行くは、あの人が継ぐんでしょ？」

「でも、その奥さんが？　——まずいんじゃない、それって」

と、嬉《うれ》しそうに喉《のど》を鳴らす。

「これ、内緒よ。ね、妙な噂になったら、いやだものね」

「そうね。――でも、あんなおとなしそうな奥さんが……」

「結構遊んでるのよ。娘さんももう大きいし」

「中学よね、もう。うちの子の一年下だわ、確か」

「同じ学校？」

「まさか！　あちらは名門の私立。確か――S女子大付属よ」

「可愛《かわい》いものね、あの子」

可愛いのと学校と、どういう関係があるのか、誰も分らないようだった。

「――あ、私、降りなきゃ」

ブーッとブザーが鳴って、一人が腰を浮かす。

「いいわねえ、でも。お金があると、男も思いのままか」

と、一人がため息をつく。

「でも、男の方はいなくなっちゃったわけでしょ。後くされなくて……。だからあの奥さんも……」

「ちゃんと考えてるんだ」

笑いが起きた。

バスが停《とま》って、一人が急いで降りて行った。

バスがまた走り出す。

「――ねえ、月曜日だけど、あなた出る？」

残った女たちの会話は、別の話題へ移っていた。

沢柳伸男は、すっかり目が覚めていた。

今の話に出ていたのは、間違いなく自分のことだ。そして――「コーチ」がどうしたって？　男が「思いのまま」？

ちはる。――智春。

まさか！

バスは二つめのバス停を通過しかけて、

「あ、降ります！」

と、話をしていた残りの女たちの叫び声で急いで停ったのだった。


「――お母さん」

有貴は、そっと寝室を覗《のぞ》いた。「お母さん？　気分、悪いの？」

薄暗がりの中で起き上る気配があった。

「有貴。――今、何時？」

「今？　今……十時二十分くらい」

と、リビングの時計を、首を伸《の》ばして見る。

「大変。もうお父さん、帰って来るわね」

「気分悪かったら、寝てれば？」

「悪くないわよ。どうして？」

カチッと音がして、明《あか》りが点《つ》く。

「だって……寝てたから」

「ゆうべ遅かっただけ」

と、智春はまぶしげに眉《まゆ》を寄せて、「悪いけど、お風呂入れてくれる？」

「うん」

有貴は、母が鏡台に向ってブラシで髪を直すのを少し眺めていたが、ペタペタと裸足《はだし》のまま浴室へ行って、バスタブにお湯を入れた。

お父さんは熱いお風呂が好きだ。特に海外出張から帰ると、

「日本の風呂はいい」

と決《き》まって口にする。

決って……。

有貴は、浴室を出て、母が台所へと腕まくりしながら急ぐのを見送った。

お母さん、どうしたんだろう？

もちろん、訊《き》けば「何でもないわよ」と言うに決っている。それに、有貴にしたところで、どこがどうおかしいか、よく分っているわけではなかった。

でも、確かにおかしい。

「――お母さん」

と、有貴は声をかけた。

「何？」

智春は、いつもの通り台所に立って、流しに向っている。――そう、どこといって、変なところはない。

「飛行機、ちゃんと着いたのかなあ」

ヒョロッとやせた有貴は、足が長くて腰が細い。友だちが羨《うらやま》しがる体型をしているのだが、父も母も格別スラリとしているわけではないので、

「どっちに似たんだろ」

と、よく言う。

「――飛行機が遅れたら、ちゃんとお父さん電話して来るわ」

と、智春は言った。「今、何時？」

さっき訊いてから、五分とたっていない。

「うん……十時……半くらい」

少し余分におまけしておいた。

そうなのだ。いつも母はそんなに時間を気にする人ではない。おかしい、と言えるかどうかはともかく、確かに「いつもと違う」ところがある。

「もう帰って来るわね」

と、智春は言って、「有貴、ビールの仕度《したく》、しといて」

「はい」

いつもなら、こう素直には手伝わない有貴だが、今夜はつい母の言う通りにしてしまう。たぶん、いつもの母なら、

「珍しく言うこと聞くのね」

と冷やかしたろう。

でも、今夜は言わない。どこか――どこか違っている。

電話が鳴り出した。

「私よ、たぶん」

有貴は、駆けて行って、リビングのコードレスホンを取った。「――はい、沢柳です。

――あ、ノン子？　――うん。ちょっと待ってね」

有貴は、母の方へ、

「ノン子からよ」

と言って、自分の部屋へと歩いて行ったが――。

どうして、お母さん、あんなにギクリとしたんだろう。有貴は首をかしげた。ただの電話なのに。

やっぱり、どこか変だよ、お母さん……。

「もしもし？　有貴？」

と、友人がいぶかしげな声を出している。

「あ、ごめん！　ちょっと考えごとしてて」

「電話しながら考えごとしないでよ」

「ごめんごめん」

自分の部屋へ入ってドアを閉め、「お母さんが何だかおかしくてさ」

「おかしいって？」

「――何でもないと思うけどね」

と、有貴はゴロリとベッドに横になった。

「有貴のお母さんって可愛いよね」

小さいころから仲のいい佐々木信子は、母のことをよく知っている。

「可愛い？」

「そうよ。美人だけどさ、でも何だか子供みたいなとこ、あるじゃない」

そうかもしれない。——今、母の智春は三十五歳である。やや小柄で、有貴が母の背丈を追い抜くのもそう先ではあるまい。

ふっくらとした丸顔で、確かに美人というより「可愛い」方かもしれない。有貴のうちは、こうして社宅に入ってはいるが、これは祖父である社長の沢柳徹男の考えで、

「将来の社長として、社員の生活をよく知っておけ」

ということらしい。

けれども、有貴にだって、同じ社宅の中で自分のうちがやはり余裕のある暮しをしていて、近所の人から「特別な目」で見られていることは分っていた。

それは当然だろう。何といっても、「将来の社長」一家なのだ。今は単なる「課長補佐」だとしても、見る目は違う。

「お母さん、具合でも悪いの?」

と、信子が訊いた。

「そうじゃないの。ね、ゆうべ新曲、聞いた?」

有貴は母のことから話題を変えたのだった。

玄関のチャイムが鳴ったとき、智春は反射的に時計を見ていた。

待つ時間は、長いようにも短いようにも感じられた。

「——はい」

と、玄関へ出て、鍵《かぎ》をあけようとして——。

手が止《とま》った。ドアの覗き穴から、おかしくデフォルメされた夫の顔を確かめる。

「お帰りなさい」

「ああ」

伸男は、上り口にスーツケースを置いた。

「有貴は？」

「今、お友だちから電話で。——呼ぶ？」

「いや、いいさ」

「でも、黙ってると長電話になるわ」

智春は、娘の部屋のドアを叩《たた》いた。「お父さん、帰ったわよ」

「はあい」

と、返事がある。

智春がリビングへ行くと、伸男はネクタイをむしり取ってソファに放り出した。

「向うは暑かった？」

と、智春は訊いた。

よじれたネクタイを拾い上げると、汗の匂いがした。

「うん。——ハンバーガーになるかと思ったよ」

伸男がそう言って笑う。智春は、やっと笑顔を見せたが、それはどこかぎこちないものだった。

「あら、電話」

と、智春は腰を浮かした。「有貴にかかって来たのかもしれないわ」

智春が出ようとすると、お茶漬を食べていた伸男が、

「おい！」

と、あわてて言った。「もし、お袋だったら、俺は明日帰ることになってるんだからな」

「え？」

智春は、面食らいながら受話器を取った。

「――はい。――あ、ちょっとお待ち下さいね」

「私？」

と、有貴がパジャマ姿にバスタオルを手にしてやって来る。

「ええ、野田さんよ」

「分った」

有貴は、コードレスの電話を取って、自分の部屋へ行ってしまった。

「――あなた」

と、ダイニングのテーブルに戻って、「お義父《とう》様……」

「うん、二人とも明日帰りってことになってるんだ。言い忘れてた。たぶん連絡なんかないだろうけどな」

智春にもやっと分った。

「お義父様、あの人の所なのね」

と、自分のお茶を飲む。

「うん。――ま、こんなときでないと、ゆっくり行ってられないってことだろう」

と、伸男はビールを一本空けて、「いい気持だ。ぐっすり眠れそうだな」

「じゃ、明日会社には何時に行くの？」

「うん、午後からでいい。そうだな。十時半ごろ起してくれ」

「ええ」

と言ってから、智春は思い出したように、

「明日、父母会の集まりがあるの。十時ごろここを出ないと」

「そうか。じゃ出るときに起してくれればいい」

「ごめんなさい。外から電話しましょうか」

「いや、三十分くらい同じさ。少し整理しておきたいものもあるしな」

伸男は、風呂へ入り、食事をし、ビールを飲んで、これで眠くならなかったらどうかしているという状態だった。

「あっちはうまく行ったの？」

と、智春が訊く。

「うん。親父《おやじ》は形だけ行けばいい。向うで専務が駆け回って、もう話はほとんど決ってるんだ。——ニューヨークのビジネスマンには理解できないだろうな、こんな日本式のやり方」

と、伸男はちょっと笑った。「——お前の方はどうだった？」

智春は夫を見た。

「——どう、って？」

「何か変ったことはなかったか」

「ないわ、もちろん。あれば言うわよ」

「そうだな」

伸男は肯《うなず》いて、「——俺にもお茶をくれ」

「はい」

伸男は、眠くなっていた。いや、そのはずだった。

しかし、頭にはもやがかかったようになって、瞼《まぶた》はくっつきそうなのに、頭のずっと奥の方、深い所でジリジリと音をたてそうにしてくすぶっているものがあった。

ちはるさんが？　——あのコーチと？

結構遊んでるのよ……。

聞こえて来た断片の言葉をつなぎ合せてみれば、その意味はひとつしかない。——智春の浮気。

そんな馬鹿な！　——自分で自分の考えを否定してしまう。

そう。智春のことは俺が一番よく知っている。何しろ十四年も一緒に住んでいるのだから。

智春がそんなことをする女かどうか、分らないわけがない。そうだろう？

「——お前、エアロビって、まだやってるのか」

と、伸男は訊いて、「確か、明日あるんじゃなかったか？」

「やめたの」

と、智春は言った。

「やめた？　どうして」

「父母会のお仕事も忙しいし……。あれがある日と、父母会の集まりと、重なることが多いのよ」

「ふーん」

「どうして？」

「いや、訊いてみただけだ」

何となく二人の会話が途切れる。

しかし、そのこと自体は珍しくない。もともと智春は、夫が帰って来るなり、捕まえて、

「あのね、今日隣の××さんが――」

とやるタイプではないし、伸男も有貴の学校のことなどは一切妻に任せていて、何か相談されない限りは、自分から話題にすることもない。

二人して黙って食卓に向っていても、一向に困ることはなかったのである。

だが――今夜はどこか違っていた。

お互い、言いたいことと言いたくないこと、聞きたいことと聞きたくないことが微妙に食い違って、耳に届かないかすかな「きしみ音」を出しているかのようだった。

「――お母さん」

と、有貴が電話を珍しく短く終えて、やって来た。

「何？」

「明日、ＣＤの欲しいのがあるの。ね、お願い。前借りさせて、おこづかい」

「仕方ないわね」

と、智春が苦笑いして、「お父さんからもらいなさい」

「お父さん！」

と、両手を揃《そろ》えて差し出す。

「いくらいるんだ」

と、伸男は笑って訊いた。

伸男も智春も、有貴が来たことで救われたような気分だった。――有貴がそのことを知っていたら、もっと高くふっかけただろうが。

暗い部屋の中に、二つの荒い息づかいが入り混っていた。

ほのかに立ちのぼる汗の匂い。

「――あなた」

女が言った。「大丈夫ですか？」

「ああ」

少ししゃがれた声が答える。「――ちょっと息切れしやすくなったかな。やっぱり年齢《とし》だ」

「もう六十三ですよ。無理をしないで」

「大丈夫。お前を楽しませてやるぐらいのことは、いつだってしてやれる」

沢柳徹男は、ゆっくりとベッドに上体を起した。

少し腰の辺りに痛みが鈍く感じられたが、ゆっくり動けば大丈夫だ。——そうだ、まだまだ俺は若い。

寿子《としこ》がベッドを出て、ガウンをはおった。

「何だ、もうやめるのか」

と、沢柳徹男はつまらなそうに、「せっかくニューヨークから一日早く帰って来たんだぞ」

「お疲れよ。休まなくちゃ」

と、寿子は言った。「シャワーを浴びます。——どうなさる?」

「うん……俺もザッと浴びる」

と、沢柳徹男は言った。「先に浴びて来い」

「はい」

浴室へと寿子が出て行く。

「社長」と呼ばれつけている男は、ベッドに仰向けになった。——正直、ホッとしている。寿子を相手に頑張っているのは、一種の意地みたいなものだ。別に何もせずに寝るだけでも、寿子は何も言うまい。

しかし、ここへ来て、ただ「休む」だけでは「もったいない」と思ってしまうのが、商売人の性質というものか。

早くなっていた鼓動が、少し落ちついて来た。汗もひいて、少し肌が涼しい。

起き上って、自分のガウンへ手を伸す。

薄暗い寝室から出ると、浴室からシャワーの音が聞こえていた。

沢柳徹男は、隣の部屋へそっと入って行った。——やはり薄明りになってはいるが、寝室よりも大分明るい。

ディズニー漫画のキャラクターを描いたベッドで、美幸《みゆき》は子供ならではの深い眠りに入っていた。

また少し背が伸びたかな？　——そっと覗き込むと、美幸の小さく開けた口がムニャムニャと動く。

つい、笑ってしまう。眉の辺りは俺とそっくりだな……。

「——どうかしました？」

と、寿子が心配そうに声をかけて来た。

「何でもない。もう出たのか」

「ええ」

寿子は娘にかけた夏布団《なつぶとん》を直してやって、

「——幼稚園のことなんですけど」

と言った。

「分ってる」

「別にどこでなくちゃ、ってことはありませんわ。この子も、近くの方が楽でしょうし」

「俺に任せとけ。ちゃんと話はつける」

「はい」

「シャワーを浴びてくる」

——寿子は、しばらく娘の傍《そば》に立っていたが、やがて軽くため息をついて、寝室へ戻った。

下着をつけて、ナイトテーブルの明りを点けると、鏡台の前に座って、髪を直した。

——沢柳は、美幸を自分なりのやり方で可愛がっている。それは寿子にも分っていた。

しかし、ことが幼稚園とか学校とかになると、子供の頭を撫《な》でたり、財布を開けたりするだけではどうにもならない。何かのコネで入園させようとすれば、人に頭を下げなくてはならない。

沢柳にとっては、それが一番嫌いなことなのである。人から頭を下げられることはあっても、下げることはない。——そういう生活を何十年もして来た男である。

美幸も四つ。——もう来年の春からは幼稚園へ通う。

何て早い四年間だったか。——そして同時に長い四年間……。

美幸を身ごもっていた月日を入れれば五年間。

もう、寿子も三十二歳だった。

内山寿子は、このマンションで美幸と暮している。マンションは借りているので、家賃と生活費、すべて沢柳からもらっていた。

仕事に出るにしても、美幸が小学校へ通い始めるまではとても無理だ。沢柳はいい顔をしないが、寿子は仕事をしたかった。そして、少しでも自分の力で生活を支えていきたかった……。

——少しして、沢柳が戻って来た。

「どうしたの？　真赤《まっか》よ」

と、寿子は言った。

「熱いシャワーをずっと浴びてたからだ」

と、息をついて、「ぬるま湯じゃ、汗が落ちん」

「体に良くないわ。お医者様に言われてるんでしょ？」

「医者の言うことなんか聞いてて、生きて行けるか」

と、沢柳はベッドに引っくり返った。「——寿子」

「はい」

と振り向く。

「ニューヨークへ行ってる間、色々考えたんだ。お前と美幸のことをな」

「本当ですか？　金髪の子を抱きながら？」

と、寿子は笑って言った。

「おい。俺は真剣だぞ」

「はい。ごめんなさい」

寿子は、立ってベッドの方へやって来た。

沢柳はじっと寿子を見上げて、

「いい女になったな」

と言った。「若いだけじゃない。少し体の線が崩れて来て、疲れた感じがある。そこが色っぽい」

「ほめてるつもりですか？」

と、寿子は苦笑した。「三十二にしては老《ふ》けました」

「俺のせいか。——当然だな」

「私も承知の上ですから」

寿子は、ベッドに上って沢柳のわきへ寄り添うように横になると、息をついた。

「お前のことは、ずっと面倒をみる。心配するな」

沢柳は腕を回して、寿子を抱き寄せると、その体温を楽しんだのだった。

実家《いえ》

「あ――。お帰りなさい、坊っちゃん」

　ドアが開いてそう声をかけられると、コピールームで書類を揃えていた沢柳伸男は、

「おい、『坊っちゃん』はやめてくれよ」

と、苦笑しながら振り返った。

「だって一番言いやすいんですもの」

と、本間邦子はいたずらっぽい笑みを浮かべながらドアを後ろ手に閉めて、「どうでした、ニューヨーク？」

「うん。仕事だけして帰って来た。会社に来てるのと大して変らないよ」

と、伸男は言って、「何だ、美容院に行ったのか」

「へえ。気が付きました？」

と、髪へ手をやって、「短くしちゃった。似合います？」

「可愛いよ」

「あ、奥さんに言っちゃおう」

と、邦子は笑って言った。「――沢柳さん、昨日、帰ってたんでしょ」

「え？」

伸男はびっくりして、「どうしてそんなこと――」

「やっぱりね」

本間邦子は、コピー原稿をセットして、ボタンを押した。コピー機がブーンと音をたててウォーミングアップを始めた。

「本間君」

「今日、ニューヨークから戻ったにしちゃ、サッパリした顔してますよ。女の子なら、たいてい気が付いてる」

「そうかな……。しかし、僕がそうしたわけじゃないんだ。親父のせいさ」

「そうでしょうね。じゃ、社長さんが彼女の所に？」

「うん……。ね、黙っててくれよ」

「信じてないんですか、私のこと？」

と、邦子はふくれて見せた。

本間邦子は、伸男の下にいるOLだ。まだ二十五歳。一回り以上も若いのだが、どことなく伸男とは気が合う。背が高く、体つきもスポーツをやっていたのかがっしりしていて、何となく「男の子」という感じがするのである。

酒も強い。一緒に飲めば、確実に伸男の倍は飲んで平然としている。

「――佐田さん、辞めたそうですよ」

と、邦子は言った。

「そうか……。やっぱり例のことで？」

「ええ。――可哀《かわい》そうに。悪い男に引っかかって」

と、邦子はコピー機が動き出すのを眺めて、

「結局、辞めてくのは女の方なんだから」

「うん……。まだ上の方は知らないんだろ？」

「たぶん。社長さんに一度お話しして下さい。こんな調子で女の子が辞めてったら、会社の雰囲気《ふんいき》だって良くならないわ」

邦子の言い方は穏やかだが、相当に怒っているのが分る。

「うん……」

伸男は軽くため息をついて、「機会を見て話をするよ。ありがとう」

邦子は、伸男をまじまじと見て、

「――いい人ですね、坊っちゃんは」

と言った。「普通なら、余計なこと言うな、って言われちゃう」

「そうかな。――そんな男ばかりでもないだろ」

と、伸男は言った。「君の方は変ったことなかったのか」

「私？　私なんて、何もありませんよ。恋もしないから失恋もしないし」

と、邦子はコピーを取り上げて、「じゃ、時差ボケに気を付けて」

と言うとコピールームを出て行く。

伸男も、ほとんどそれを追いかけるようにしてドアを開けると、

「ここにいたのか」

父が目の前に立っていた。「――今の女は誰だった？」

「え？　――ああ、本間君。僕の下の」

「本間か。そうか、あの酒の強い子だな。ちょっと社長室へ来い」

「はい。これを置いてから」

「ああ」

沢柳徹男の後ろ姿を見送って、伸男は何となく重苦しい気分だった。

母も、もちろん「彼女」の存在を知っている。内山寿子は、もともとここに勤めていたOLである。伸男もよく知っていた。

「おい、沢柳。電話だ」

と、同僚に呼ばれて、伸男は急いで席へと戻って行った。

「あら、智春さん」

と、道ですれ違いかけた女性に声をかけられ、足を止めた智春は、

「何だ。──気が付かなかった」

と、目を見開いて、「おめでた？」

「ええ」

智春と同じ年齢のその主婦は、少し照れくさそうに、「もう諦めてたのに、何だかできちゃって」

「良かったわね。おめでとう。ご主人、喜んでらっしゃるでしょ」

「ええ。でも、会社の方は不況で大変。──アルバイトでもするか、って言ってるわ。ご実家に？」

「ええ、ちょっと近くに来たもんだから」

と、智春は言った。「じゃあ、気を付けて」

「ありがとう」

じゃ、またいずれ、と会釈を交わして別れると、智春は少し足を速めた。

まだ日射《ひざ》しは強い。こんな晴れた日には、つい日かげを選んで歩いてしまう。

坂の多い住宅地は、真夏にはつい敬遠したくなる。そのせいばかりでもないが、実家へ寄るのは久しぶりのことだった。

――あの奥さん、何て名前だったかしら？

智春は、人の名前を憶《おぼ》えるのが苦手なのである。――今日の父母会でも、何人もの奥さんたちに挨拶されて、いちいち相手の名前が思い出せず、困った。

何とか適当に話を合せてすませたものの、ひどくくたびれてしまった。

ただ、学校を出るとき、有貴がちょうど校庭でバレーボールをしていて、母親に気が付き、手を振ってくれたのでホッとしたものだ。こんなことじゃ困っちゃうわね、と思うのだが、仕方がない。

――家へ上る坂道。学生のころは、よくここを転びそうになりながら駆け下りたものだ。今はそう急ぐこともない。――そう、もう若いころに戻れるわけではないのだ。

ふと見ると、買物のカートを引張って坂を上って行く後ろ姿……。あれ、もしかして――。

「お母さん！」

と、足を速めて呼びかけると、

「あら。――来たの」

母が足を止め、嬉しそうに振り返った。

「私が引くわ。父母会だったの」

智春は、母の手からカートを引いて、「電話してから来ようと思ったけど、かけそびれて」

「構わないわよ。いなきゃ勝手に入ってればいいわ」

と、母は笑って、「伸男さんは？」

「ゆうべ、ニューヨークから帰ったわ」

「ああ、言ってたわね、出張だって。有貴は元気？」

「ええ、背ばっかり伸びて――。鍵、出せる？」

「できるわよ、自分で」

と、母は苦笑した。「そう年寄り扱いしないでよ」

「はいはい」

智春は、何となく体がほぐれて行くのを感じた……。

妙なものだ。

自分が育った家だというのに、来る度によその家に来ているような気がする。――出てから十四年もたっているのだから、当然と言えばその通りだが。

「――たまには、有貴ちゃん連れて遊びに来ればいいのに」

と、母、矢崎万里子が紅茶をいれてくれる。

「もう中学生よ。クラブで結構忙しくて、土、日も出てったりするの」

「まあ大変ね」

「そう。——私たちのころと違って、今の学校って忙しいのよ。私立は特にね」

と、智春は紅茶を飲んでホッと息をつくと、

「おいしい。——疲れるわ、ああいう奥様たちの間にいると」

「でも、ある程度はきちんとお付合いしておかないとね」

「分ってる。だからこうしてせっせと出席してるのよ。父母会のために、わざわざ海外の赴任先から帰って来る人もいるんだから」

「へえ。大したもんね」

——母とは何度も同じことを話している。きっと母も分っていて、それでも感心したふりをしていてくれるのだろう。

「お父さん、どう？」

と、智春は訊いた。

「うん。まあ何とか通ってるわ。少し老けたけどね」

智春は足を崩した。——もう久しく畳の生活をしていないので、正座すると足がしびれてくる。

矢崎家は、もう大分古くなった日本家屋である。二階建で、広さはあったが使いにくい所もあちこちあった。

それでも、あの社宅住いの智春にとっては、ここへ来てホッとするところがあったのだ。

「――続くかしら、お父さん」

と、智春は言った。

「大丈夫でしょ。分ってるわよ、お父さんだって」

母の意見があまりあてにならないことは、智春もよく分っている。ことに、父に関しては。

父、矢崎道雄は去年六十歳で定年を迎えていた。引き続き働くつもりが、不況で辞めざるを得ず、やっと次の就職先は見付けたものの、全くの畑違いで当人はうんざりしているらしい。

しかし、そこは一応智春が夫の知人に頼んで世話してもらった勤め先なので、父にすぐ辞められては困るのである。

「――何か用事で来たの？」

と、母に訊かれて、

「別に。――どうしてるかと思って」

と、智春は即座に言った。

母にだって、言えることと言えないことがある。

「浩士《ひろし》、彼女とうまく行ってるのかしら」

と、智春は言った。「スチュワーデスだっけ？」

「ああ、あの人とは別れたらしいよ」

「別れたの？　じゃ、今は……」

「さあ。何も話さないからね、こっちには」

智春の弟、浩士は三十歳だが、独身でこの家にいる。

「一度話してみてくれない？」

と、母がため息をついて、「何を考えてるのかさっぱり分らなくて」

「そんな……。浩士のことまで手が回らないわよ」

智春は、紅茶を飲み干して、「――ね、一度、どこか温泉にでも行こうか。二人でさ」

「あんたと？」

「私とじゃ、面白くない？」

「そんなことないけど……。あんた今、忙しいって言ったばかりじゃないの」

「それはそうなんだけど……。たまにはボーッとしていたくなるの」

智春は、ふと思い付いて、「電話、借りるね」

「いいわよ」

廊下へ立って行き、

「電話機、替えたら？　重たいでしょ、こんな旧式なダイヤル式」

と、笑って言った。

「まだ使えるのに、もったいないわよ」

と、母のいつもの返事。

ダイヤルを回すと、少し間があって呼出《よびだ》し音が聞こえる。

「――内山です」

「あ、沢柳です。智春ですけど」

「智春さん！　お元気ですか？」

内山寿子。――義父の愛人との付合いは、夫にも内緒である。

「来週あたり、お昼でも食べない？」

と、智春は言った。

困惑

「幼稚園？」

と、沢柳伸男は思わず訊き返していた。

「うん。――俺もあちこち顔は広いが、そういう方面はどうにも分らん」

と、沢柳徹男は言った。

広いデスクの上にのった左手は、やや落ちつかなげに、表面を叩いていた。

伸男が当惑したのは、仕事時間中に父がこういう私的な用で話をするのが珍しいからだった。もちろん、もともと内山寿子に手を出したのは会社内で目に止ったからであるが、徹男は妙なところで「けじめ」にこだわる男なのである。

「そりゃ、当ってみることはできるけど……」

と、伸男は言った。「でも、僕なんかで大したことはできないよ」

「そこをやってみてくれ」

と、徹男は言った。「そういう顔の広さを作っとくのも大切だ」

伸男は、とても無理だよ、と言いかけたが、気が変って、

「もう幼稚園？」

と訊いた。「早いなあ」

「ああ、四歳だ」

と、徹男は肯いた。「いつまでも赤ん坊じゃいてくれん」

「うん……」

伸男は、ちょっと息をついて、「で、どういう所を捜せばいいの？」

と訊いた。

「いくつか当ってみてくれ。知り合いやら友だちやら、いないことはないだろう」

「まあ……捜してみるよ」

「有貴のところは、幼稚園はないのか」

「S女子大付属？——あるよ。うん、確かある」

「智春さんは役員だろう」

「父母会の役員だよ、大したことできないさ」

「しかし、先生たちに話をするくらいのことはできるだろう」

「まあ……。話すぐらいならな。でも——」

「分っとる。俺だって、誰か知ってりゃ動くんだが、そんなことには一向に弱くてな。伸男。もし、どうしても必要なら俺も出向くが、できるだけお前の方でやってみてくれ」

「——分った」

と、伸男は肯いた。「いつまでに？」

「もう、時間がそれほどない。たぶんな。よく知らんのだが」

「調べてみるよ」

「そうしてくれ」

徹男はホッとした様子だった。

「他に何か？」

「ニューヨークでの話、ちゃんと書類にまとめろよ。俺が目を通すにしても、あんまり先になると、忘れちまう」

「分った。じゃ、戻るよ」

と、伸男は立ち上った。「——彼女、元気でいるの？」

徹男は伸男を見上げて、

「寿子か？　ああ、元気だ」

「娘は……何てったっけ」

「美幸だ」

「美幸ちゃんか。一度チラッと見たことがあるだけだな。小《ち》っちゃなときに」

伸男は微笑《ほほえ》んだ。「——早いなあ、もう四つか」

父の机の電話が鳴り、伸男は社長室を出た。

自分の席に戻ると、

「沢柳さん、これ、伝票にハンコ、お願いします」

と、本間邦子が手を伸して来る。

「ああ……。本間君、君、どこの幼稚園がいいか、知ってる？」

「え？」

と、本間邦子は目を丸くした。

「親父がさ、幼稚園にコネを捜して来いって。参ったよ」

――伸男にも、父の気持は分っている。

父は、いつも周囲から立てられて来た。どこにいても、自分は常に一番の「ＶＩＰ」なのである。

内山寿子との間に産まれた子を幼稚園へ入れる。そのために何かしてやりたい、という気持は本当だろう。

しかし、そのために「頭を下げて回る」ということが、父にはできないのだ。

人に対して「下手《したて》に出る」ということに慣れていない人間なのである。

だから、伸男なんかに頼んだりする。伸男とて、「沢柳徹男の息子」という立場でなかったら、どこへ頼みに行っても相手にされないことは承知していた。

「ふーん。もうそんなに大きくなったのね」

と、本間邦子は肯いて言った。「でも、今は大変ですよ。子供の数が減ってる分だけ、いい学校へ入れようとする親もふえてるから」

「だろうね」

「私なんか、コネなんて一切ないけど……。友だちが私立の幼稚園の先生をしてるの。どんな所が入りやすいとか、訊いてみましょうか」

「ああ、頼むよ。すまんね。何だか雲をつかむような話だからな」

と、伸男は苦笑した。


――間違いない。父だ。

智春は、それが自分の見間違いであってくれたら、と思った。しかし、自分の父親を他人と間違えるわけもないし、そのネクタイやスーツも見憶えのあるものだった。

どうしよう?

智春は、迷った。――このまま、何も見なかったことにして、帰ってしまおうか。できることなら、そうしたかった。けれども、何日も引きのばせるわけでないことも、よく分っていたのだ。

何かあれば、母は必ず智春の所へ言ってくる。それからまた出かけてくるのも大変だろう。

気は重かったが……。

智春は、騒然としたそのパチンコ店の中へ入って行った。

今は中年の主婦の姿が多い。タバコをくゆらせて、じっと玉の行方《ゆくえ》を見つめる女たち。そこには「女」が感じられなかった。男も女もない。ただ少しくたびれた人間の表情があるだけで、それは見分けがつかないくらいよく似ていた。

智春は、ほとんどの椅子《いす》が埋《うま》っている間を歩いて行って、父のわきに立った。

父が舌打ちする。ちょうど手もとの玉が空になったところだった。

「それでおしまいね」

と、智春が言うと、父はびっくりして顔を上げた……。

「――それで？」

智春は、ベンチに腰をおろした。

矢崎道雄は、買って来たハンバーガーを一口食べて、

「――どうってこっちゃない」

と言った。「することもないんだ。いてもいなくても同じさ」

「でも、お給料をもらってるのよ。ちゃんと出社してくれないと」

「出て何をするんだ？　新聞を読んだり、机の上を拭《ふ》いたり……。女の子たちは俺のこと

を見てクスクス笑ってるし、誰も口なんかきいちゃくれん」

「考え過ぎよ。どうせ、いつも怒ったような怖い顔してるんでしょ。話しかけたくたってみんな逃げちゃうわよ」

智春は、できるだけ砕けた軽い口調で言った。

矢崎は生来、生真面目《きまじめ》な男で、周囲に合せてうまくやっていくということのできない人間だ。

「――もう何日、出社してないの?」

と、智春は訊《たず》ねた。

「今日だけだ。たまたま――」

「嘘《うそ》。本当のことを言って」

矢崎は肩をすくめて、

「三日めだ」

「続けて三日? 大変。電話でもあったら、お母さんが心配するわよ」

「大丈夫だ。ちゃんと休むと連絡してある」

「変なところで几帳面《きちょうめん》なんだから」

と、苦笑する。

「智春、お前……何か用だったのか」

と、矢崎が娘を見た。

「寄っただけよ、父母会のついでに」

智春は首を振って、「お願い。ちゃんと行ってよ、会社に。伸男さんの紹介なのよ」

「分ってる」

矢崎は娘と目を合せずに言った。

智春にもよく分っていた。父とて、気はとがめているのだ。

しかし、正直者の父としては、仕事らしいこともしないで給料をもらうなんてことはできないのである。

「――お父さんの方から声をかけてみれば？　何かすることがあったら言ってくれ、って。言いにくいかもしれないけど、何とかそれくらいは努力してみてよ」

「ああ……」

矢崎は、ふっとため息をついた。「――すまんな」

「別に怒ってるわけじゃないのよ。お父さんのことはよく分ってるし。でも、ちゃんと仕事ができるんだってところを見せてあげなくちゃ。周りだって分らないわよ。ね？」

「ああ」

矢崎はパッと立ち上って、「明日はちゃんと会社へ行く。本当だ」

「うん」

智春は微笑んだ。「じゃあ……もう行くわ」

「晩飯でも食べてったらどうだ」

「有貴が帰ってくるわ。もう行かないと」

「そうか」

「お父さん……。どうするの、これから」

「うん……。ま、適当に時間を潰《つぶ》して帰る。母さんに黙っててくれよ」

「分ってるわ」

智春は、父の髪が、すっかり白くなってしまったことに気付いていた。忙しすぎるのでなく、「仕事がない」という状態の方が、白髪をふやすのかもしれない……。

「じゃあ……。また」

と智春は言って、歩き出した。

「智春」

と、父が呼びかけた。「ちゃんと行くから、心配するな」

智春は肯いて見せた。ちょっと手を上げて見せる父の笑顔に、昔の「強かった父」の面影があった。


有貴は早く帰って来ていた。

クラブが休みで、いつもより大分早く学校を出たのである。父母会があって、それを受けて何か急な職員会議があったらしい。

色々と噂は飛び交っていたが……。

「――ただいま」

母はまだ帰っていなかった。先に学校を出たので、もう戻っているかと思っていたのだが……。

ついでにどこかへ寄っているのかもしれない。――お母さんも、少し出歩いた方がいいわ、と有貴は思った。

友だちの家の話とかを聞くと、お母さんがほとんど家にいない、というのも珍しくない。母がそこまで「活動的」になるのもいやだが、でも、多少は外の刺激で若さを取り戻してくれてもいい。

「――何かないかな」

冷蔵庫を開けて、有貴はプリンを取り出した。「――食べよっと」

テーブルにつくと、電話が鳴り出した。

「お母さんだな、きっと……」

有貴は、駆けて行った。「――はい、沢柳です」

「もしもし」

男の声だった。

「沢柳ですが」

「どうも。奥さん、水島です。——この前は何とも申しわけないことで……」

「あの……母でしたら、留守ですが」

向うはギクリとした様子で、

「失礼しました！　あの——娘さん？」

「ええ。水島さん、ですか？　母、そろそろ帰ると思うんですけど」

「いや、結構です。それじゃ、どうも」

「何かお伝えすることとか——」

「いや、いいんです。どうも」

「はあ……」

有貴は、首をかしげて、「——変なの」

と呟《つぶや》き、受話器を置いた。

「ただいま」

と、玄関から母の声が聞こえて来た。

女同士

内山寿子の方が、すぐに智春に気付いて立ち上った。

「――ごめんなさい、遅くなって」

と、智春は言った。「大分待った？」

「十五分くらい。大丈夫、美幸は母に預けて来ました。ゆっくりできるわ」

と、寿子は言って、改めて席についた。

「良かった。出がけに、急に社宅の自治会の集まりのことで話にみえて……。もう、人の都合なんてお構いなしなんですもの。困るわ」

智春は、半分ほど席の埋ったレストランの中を見渡した。「静かでいいわ。ここ、明るいし」

広く天窓を取った作りで、今は昼間の日射しが存分に射し込んでいる。

「ランチね。――今日は〈B〉にしてみようかな」

と、智春はメニューを見て言った。

「じゃ、私もご一緒します」

「あら、好きに選んで」

「ええ。でも、好物だから、ヒラメ」

「少しワインでも飲む？」

「いえ……。やめときます。すぐ顔に出るから」

「そう？　じゃ、私もミネラルウォーター」

智春はそうオーダーして、「お久しぶりね」

と、座り直した。

「どうも。誘っていただいて、嬉しかったですわ」

「お互いさま。何でも話せる相手って、なかなかいるものじゃないでしょ」

智春はおしぼりで手を拭いて、「お義父様、この間、ニューヨークから帰った日にあなたの所へ行ったんでしょ？」

「ええ」

と、寿子は少し照れたように目を伏せる。

「無理をして……。きっと疲れてたと思うんですけどね。そんなこと言うと、意地になる人だから」

「お疲れさまね」

と、智春が言って――二人は小さく笑った。

こんな話をしていて笑えるのが、智春と寿子との共通の感性というものかもしれない。

「でも……本当に心配なの」

と、水を一口飲んで、寿子が真顔に戻り、

「あの人……どこか悪いんじゃないかしら。ちゃんとお医者に診《み》せてくれればいいんだけど」

「何か、そんな様子が？」

「私に何が、って言われると説明できないけど……。たまにしか見ないでしょ。余計に目につくのかもしれない」

「そう。──確かに無茶はしてらっしゃるものね」

「私、あの人が眠ってから、夜の間に何回も目を覚ましたわ。あの人がちゃんと呼吸してるって確かめて、ホッとして眠ったり……。つくづく、自分が危い賭けをしてるんだな、って思って」

「賭け？」

「だって──美幸はまだやっと幼稚園でしょ。私がフルタイムで働けるようになるのには何年もかかるし、もしその間にあの人に万一のことがあったら──。怒らないでね」

「私は怒ったりしないわよ」

と、智春は言った。「その心配は当然ですものね」

「ねえ、もし私と美幸がとり残されても、もちろん、奥様は私たちのことなんか目もくれないだろうし、他の誰も助けてくれるわけじゃない。あの人の年齢を考えれば、明日にでもそうなったって、おかしくないわけでしょう？」

寿子は、ため息をついた。「もちろん、それを承知でこういう立場になったんだ、って自分でも分ってはいるけど」

「不安は分るわ」

と、智春は肯いた。「何か、そのときの対策は立てておいた方が……。私がこんなこと言うの、変ね」

「智春さんがやさしくして下さるのが、どんなに救いになってるか……」

「ちょっと。湿っぽくなるのはやめましょ。——さ、オードヴルから食べようっと！」

オードヴルの皿が来た。二人は食べ始めて、話題も別のことに移る。

しかし、智春の方から、皿が空《から》になるのを待って切り出した。

「——美幸ちゃんの幼稚園のことで、ちょっとお話があるの」

「え？」

智春の話を聞いて、寿子は面食らった様子だった。

スープが来て、冷めない内に飲み始めながら、

「——伸男さんに頼んだの？　ご迷惑ね、本当に」

と、寿子が苦笑する。

「いいえ、それはいいの。でも、私なんか父母会の役員っていっても、平の役員ですもの。先生方に顔がきくなんてこと、全然ないんだから」

「あの人は、自分の名前を出せば何でも通じると思ってるのよ」

と、寿子は言った。「私は、近くの幼稚園でいいと思ってるの。本人だって、通うの楽だし。でも――あなたやご主人まで動いて下さってるんじゃ、こっちが勝手に決めるわけにはいかないわね。それこそ、あの人、カンカンになって怒るだろうし……」

そうなのだ。智春にも、寿子の困惑がよく分る。

沢柳徹男は、寿子や美幸が喜ぶと思って「有名な私立の幼稚園」を捜せと言い出したのだろう。しかし、いつまでもそこにこだわっていては、寿子自身はどうすることもできない。

そういうことを考えないで、自分の「愛情」を押し付ける――と言っては言い過ぎかもしれないが……。

「ともかく、主人に言われた以上、私もお話だけはしてみるわ。でも、あまり期待されると困るの」

と、智春は言った。

「分ってるわ。よく分ってますから、心配しないで。世間はそれほど甘くない、ってこと、分ってるから」

　寿子の言い方は、ごく自然で、アッサリとして、それでいて智春に対しても、「申しわけない」という気持を感じさせるものだった。

「――お忙しいんでしょ、智春さん。悪いわね」

「いいえ」

　ちょうどスープを飲み終えた。「――寿子さん」

「え？」

　間が空いて、寿子は顔を上げた。「――何かしら」

「いえ……。何でもないの」

　智春は首を振った。「あなたって……とっても普通の人ね」

「嬉しいわ。賞《ほ》め言葉よね、それ？」

「もちろん」

　と、智春は言って、「私……あなたを見てて、羨しいのよ。もちろん、とんでもないって言われそうだけど」

「それは――」

　会話は、レストラン中に響きわたるほどの、皿が砕ける派手な音で中断された。

「失礼しました」

と、レストランのマネージャーが客に向って詫《わ》びると、「――早く片付けて」

と、指示する。

「すいません」

と謝っているのは、どうやら新人らしいウエイター。

「いいから！　早く片付けて」

「はい」

そのウエイターは、割れた皿を重ねて持とうとして、また落っことしている。

と、寿子が微笑んで、「きっと無器用なのね。私もよく物を落とすから分るわ、あの気持」

「――気の毒に」

智春は、しかし寿子の言葉が耳に入っていなかった。

あれは……。もしかして……。

「智春さん、どうかしたの？」

と、寿子が不思議そうに訊く。

「ちょっと……」

智春は立ち上って、まだせっせと破片を拾っているウエイターの方へと歩いて行った。

マネージャーが智春に気付いて、

「あ、沢柳様。お足下《あしもと》が危いので、お気をつけになって下さい」

と声をかけて来た。

破片を拾っていたウエイターが、手を止めて顔を上げた。

智春は、まじまじとその男を眺めて、

「やっぱり」

と言った。「良二さん。——何してるの、こんな所で」

マネージャーが当惑顔で、

「奥様、ご存《ぞん》知《じ》の方ですか」

と訊いた。

「ええ。——主人の弟です。沢柳良二といって」

マネージャーが唖《あ》然《ぜん》とし、ヒョロリと背の高いそのウエイターは、困ったような笑顔になって、頭をかいた。その拍子に、また破片が一つ床に落ちて、派手な音をたてた……。

「いや、僕は〈壊れもの〉を扱うのに向いてないんだな」

と、沢柳良二は言った。「智春さん、よくあのお店に来るの？」

「ええ」

と、智春は肯いて、「いつからあのレストランに？」

「三日前」

「道理でね」

と、智春は笑って言った。

――沢柳良二は、伸男の弟である。次男坊の典型みたいなもので、二十八歳になるのに、一年の大半は家にいない。

どこにいるのか、連絡もよこさないので、両親――特に母親の心配の種である。

「お義母《かあ》様にだけでも、きちんと連絡を入れてね」

「面倒でね。それに、どうせ連絡するのなら、何か決った職についてから、と思って」

――二人は、レストランを出て歩いていた。

もうランチの時間は終って、寿子は帰って行き、良二はウエイターを「丁重に」クビになったのである……。

「――智春さん」

と、良二が言った。「今、一緒に食事してたの、親父の……」

「そう。黙っててね！　お願いよ」

と、智春は言った。「主人にも話してないんだから」

「へえ！　しかし、面白いな。どうして知り合ったの？」

「だって、寿子さんはもともと社員だったんじゃないの。お義父様の所へうかがってるとき、お使いで寿子さんが来たことがあるの。そのとき、もうお義父様は寿子さんに目をつけていて、わざと彼女を自分の所へ来させたらしいのよ」

「そうか……」

と、良二は首を振って、「でも、あの女と智春さんって、合いそうだ」

「そう？」

「うん。見たところ、よく似てるよ」

良二のことを、伸男や義父の徹男は悪く言うが、智春自身は話していてもあまり気をつかわずにすむ良二のことを、気に入っていた。

「ね、智春さん。僕もあの人とあなたのことを黙ってるから、あなたも僕と会ったことは内緒にして」

「ええっ、だって――」

「母にはちゃんと連絡します。だから。――ね？　あいこでしょ」

良二の言い方に、智春はふき出してしまった。

「相変らずね！　いいわ。取引よ」

「取引です」

「じゃあ……ちゃんと連絡してね」

「分ってます。――ああ、僕は地下鉄で帰るんだ」

「どこにいるの？」

良二はいたずらっぽくウインクして見せて、

「日本にいます」

と言うと、「じゃあ！」

と駆け出し、アッという間にいなくなってしまった……。

情報

沢柳良二が小走りに地下鉄の駅へと駆けて行って、見えなくなると、智春はちょっと苦笑してから歩き出した。

——どうせここまで出て来たのだ。夕食のおかずでも買って帰ろう。

智春は料理が好きな方だが、働き盛りの夫を持つ家ではたいていそうであるように、夫が夕食を家へ帰って来てから食べることはほとんどない。加えて、有貴も中学へ上ってからはクラブが忙しくて、まともな時間に帰る日の方が少ないくらいだった。

それでも、有貴はたいてい「お腹空《なかす》いた！」と玄関から上るより早く（？）騒ぐので、まだありがたい。

電子レンジですぐに温めて出してやることになるが、智春もたいていは付合って二度めの夕食をとるようにしていた。

「ここでいいか……」

智春は、デパートの地階へと下りて行った。食料品売場は、もう結構な混雑である。お惣菜《そうざい》の売場が特に混んでいて、人気のあるおかずは早い時間に売り切れるのだということだった。

手を抜くつもりではなかったが、そう大量におかずを用意する必要のない、智春の家などでは、できたおかずを買って帰った方が、ずっと経済的なのだ。

「——ポテトサラダ下さい。それと、そっちの焼豚」

色んなものが一度に買えるのは、手間が省けて楽である。こんなところも、せっかちな都会人には向いているのかもしれない。

「どうも。——あ！」

おつりを受け取りそこなって、細かい硬貨が音をたてて床に落ちた。智春はあわてて拾い集めた。

「すみません……。ちょっと、失礼します」

人の間を割りながら、何とか大体拾い終ると、いくらかは見付けそこねたかもしれなかったが、諦めることにした。

本当に、もう……。どうしてこうなのかしら？

ため息をついて、財布に拾った硬貨を入れていると、

「これ、落ちてましたよ」

と、百円玉を一つ、差し出してくれた人がいる。

「あ……。どうも」

と受け取ったが、

「あら。沢柳さん」

「え？」

と、相手を見て、「あ。――奈良さんじゃない！　びっくりした」

「こっちこそ。――偶然ね。夕ご飯のお買物？」

「ええ。出るついでがあって……」

智春は、一見したところ少し老けた感じのするその女性――奈良敏子に笑顔を向けた。

「私は、主人と待ち合せなの」

と、奈良敏子は言った。「時間が余って。――そこでジュースでも飲みません？」

正直、早く帰りたかったが、同じ社宅に住んでいて、エアロビクスの教室で一緒でもある奥さんの誘いを断るのはためらわれた。

「じゃ、ちょっとだけ」

と、智春は言って、地階のフルーツ売場に並んでいるジュースコーナーへ行った。

「人出が多いわね」

と、ホッとして言ってから、「自分もその一人なんだけど」

と、笑った。

「この間はお疲れさま」

と、奈良敏子は、生ジュースを飲みながら言った。

「この間？　――ああ、送別会ね。水島先生の」

「うまく行ったわね。ねえ？」

「ええ、そうね。先生、喜んで下さったかしら」

「それはそうよ。水島先生、沢柳さんのこと、とても気に入ってらしたじゃないの」

「そんなこと……。そんなことないわよ」

と、智春はちょっと口ごもった。

二人で生ジュースを飲み終えるのに、数分とかからない。

――奈良敏子は、智春とほぼ同じ年齢で、社内結婚だったので伸男も彼女のことは知っている。智春は、エアロビの教室で一緒になる前から、近くのスーパーなどで出会うと、何となく話をするようになっていた。

どことなく寂しげな感じの女性で、あまり積極的に出歩くタイプではないようだった。子供がいないので、幼稚園とか学校を通しての知り合いが、なかなかできにくいのかもしれない。

「――じゃ、私、お先に」

と、各々自分の分を支払って、智春は椅子から立った。「ご主人とお食事？」

「ええ、時々こうして待ち合せるの」

「いいわね。うちなんか、もう何年も二人で食事なんかしてないわ」

と、智春は笑って言った。「それじゃ」

「どうも」

奈良敏子は軽く頭を下げた。

智春は、人ごみの間を縫って、出口へと急いだ。

送別会……。水島先生はあなたのことを気に入っていた……。

忘れよう。——早く忘れるのだ。

智春はもっと急ごうとしたが、人の流れの中ではそれなりの動きに合せておくしかなかった。

智春は、見えない視線に追われるように、食料品売場をやっとの思いで出た。

そうだ。奈良敏子は、あの送別会の幹事の一人だった……。


電話が鳴った。

珍しいこと。——沢柳ちか子は、いささかの好奇心と共に受話器を上げた。

「はい。——どなた様でいらっしゃいますか?」

沢柳家には、もちろんコードレスの電話もあって、主人の沢柳徹男は、いつも自分の仕事部屋に入って電話していたが、ちか子はどうもコードレスというのが苦手だった。

やはり電話はちゃんとコードでつながっていてほしい。五十代も後半、六十近くになると、見慣れないものは苦手なのである。

「——もしもし？　どなた？」

向うが何も言わないので、いたずらかと思った。この自宅の番号を知っている人は多くないはずだ。

「母さん」

という声に、ちか子は言葉を失ってしまった。

「——良二！」

「ずっと連絡しなくてごめん。九州をぶらぶら回ってたもんだから」

「本当にもう……。一言ぐらい何か言って行きなさいよ。——元気なの？」

「うん、元気、元気。心配しないで」

「心配するわよ！　いつ帰ってくるの？」

「さあ……。仕事、見付けたら帰る」

「仕事？」

「うん。色々ね、やってみてるんだ。その内、自分に向いた仕事が見付かるよ」

「何を言ってるの。仕事くらい、うちにいたって見付かるでしょう」

「——あ、もうカードがなくなる。じゃ、またかけるよ」

「良二。どこにいるの、今？」

「東京」

「東京のどこよ？」

「母さん、少し放《ほ》っといてよ。僕は一人でやっていける。兄さんとは違うやり方でね。親父、元気？」

「え？　――ええ、何とかね」

「僕のことは話題にしない方がいいよ。血圧が上るからね。じゃあ」

「良二！　あんた――」

と言いかけたとき、電話は切れてしまった。

ちか子は、ため息をついた。

「何を考えてるんだか……」

と呟いて、ちか子は受話器を置いた。

「奥様」

と、お手伝いの芳江が顔を出して、「お客様ですが」

「どなた？」

と、振り向く。

「さあ……」

「ちゃんとお名前をうかがいなさいって言ってるでしょ」

何度言ってもむだと知りつつ、言わずにはいられない。しかし、二十歳になったばかりにしては、何でも言いつけたことは逆らわずにやる芳江は、ましな方かもしれない。ただ、いつもお茶をいれると濃いか薄いかどっちかである。

「すみません。奥様にお目にかかりたいって……」

「私に？」

ちか子は玄関の方へ出て行った。「——あら、あなただったの」

「ごぶさたしております」

と、奈良敏子は頭を下げた。

「上って。——久しぶりね、本当に」

ちか子は、奈良敏子を居間へ入れると、

「奈良さん、今度課長でしょ？」

「はい、おかげさまで」

と、敏子はきちんとソファに腰をおろし、また頭を下げた。

「——今、良二から電話で」

と寛《くつろ》いで、「全く、しょうのない子」

と笑う。

「まだ戻られていないんですか」

「風来坊ね。誰に似たのかしら」

ちか子は、少し間を置いて、「社宅の方はどう?」

「相変らずです」

と、敏子は言った。「子供のけがが三件、続けて起きました。遊び場を少し直してもらおうと言い出す人もいましたが、費用を負担するのがいやだという人が多くて、結局そのままに」

「ひどいけがだったの?」

「大したことはありません。一人、すべり台から落ちて手首を折ったんですけど、それが一番ひどくて」

「すべり台から?」

「一番高い、平らな所の手すりが低いんです。少し背の高い子だと、押されて落ちることが……」

「そう。あれも古いものね」

「子供の背が伸びていますから」

「それは何とかしましょう」

ちか子は電話のそばのメモ用紙を取って、ボールペンで書きつけた。「命にかかわる事故でも起ると大変」

「そうして下さると……」

「他には？」

「はい――」

と言いかけて、敏子は芳江がお茶をいれて来たので口をつぐんだ。

――奈良敏子は、独身時代から、ときどきこの家へ来ていた。今の夫との縁談をすすめたのも、沢柳たちである。当然仲人もつとめた。

芳江が出て行くと、敏子はちょっとお茶をすすって、

「――営業の高畑さんの所に、引き抜きの話があるようです」

と言った。「奥さんが、子供さんの学校のことを調べていました」

「高畑さん？　そう。あの人なら、目をつけられるかしらね」

と、ちか子は肯いた。「主人に言っておくわ。何か考えるでしょう」

敏子が、社宅内の情報を集めては沢柳家に知らせる、という役目を果しているのは、特に頼まれてのことではない。しかし、奈良が人事にいた関係で、普段から「誰が辞めそうだ」とか、「どこの夫婦が別れそうだ」といったことに、敏子も自然と耳を傾けるようになったのである。

「――伸男さんはお変りありませんか」

と、敏子は訊いた。

「ええ。この前もニューヨークへ行って」

「そうでした。その間に――」

と言いかけて、敏子が言葉を切る。

「――その間に？　何かあったの？」

不思議そうに訊くちか子に、

「いえ……。ちょっと気になることが……」

と、敏子はためらった。

「話して。――伸男のこと？」

「いえ、あの――」

と、敏子は思い切ったように、「智春さんのことなんです」

と言ったのだった。

取り乱す

奈良敏子の言葉に、沢柳ちか子は、

「まあ、智春さんのこと？」

と、さほど関心を持っていない、という口調で言った。

「ええ。でも、大したことじゃないんです。わざわざ奥様にお話しするほどのことでもないので……」

「そう。それなら――」

ちか子は、お茶を一口飲んで、「芳江さんったら。また苦すぎて。しょうがないわね。何回言ってもこうなのよ」

と笑った。

二人は少し黙り込んで、ちか子が、

「――智春さんは、呑気《のんき》な人だから。そうでしょ？　あなたは知ってるんだったかしら」

「はい。エアロビクスのお教室で一緒なんです」

「ああ、あの水着みたいなのを着て、飛んだりはねたりするやつね。私なんか、とても恥ずかしくてあんなことできないけど――」

と言いかけて、「あ、別にいけないと言ってるんじゃないのよ。世代が違いますものね」

「ええ……。そのエアロビの教室のことで――」

「何かあったの」

「いえ……。あった、というんじゃないんです。何もなかったに決ってます。ただ……人の口に戸はたてられない、って申しますでしょ？」

「ええ。――そうね」

奈良敏子は、ためらいがちに、

「実は――今、社宅の中に噂が広まってるんです。もちろん噂ですから、根も葉もないことだと思います。きっとそうです。私は智春さんのことを知っていますし、奥様ももちろんよくご存知ですし」

「ええ。――それで？」

敏子は肩をすくめて、

「困ったもんですわ。みんな、週刊誌とかＴＶのワイドショーの見すぎなんです。何でもすぐに、そんなことに結びつけて考えたがるんですから」

と言った。「エアロビの先生が――水島先生という男の方なんですけど、今度別の教室へ移られることになって、ずいぶんお世話にもなったし、というので、私どもで送別会をしよう、ということになったんです」

「送別会ね。――それは結構なことじゃない？」

「ええ。私と、智春さん。それにあと二人の奥さんが幹事になって、最後のレッスンの日、終った後で集会所を使って送別会を開いたんです。手作りの料理とかケーキとか……。準備はずいぶん大変で、私たち幹事はレッスンを受けずに何時間も前から仕度に駆け回りました……」

敏子は、ちょっと言葉を切って、「――初めに、アルコールは抜きにしよう、ってことでした。でも、間近になって、せめて乾杯くらいは、ということになって、急いでビールを買いに行ったんです」

「楽しそうね。今は皆さん、少しぐらい飲めるでしょ？」

「少しどころか」

と、敏子は苦笑した。「いざ、送別会が始まってみると、ビールはアッという間になくなって、あわてて追加するという有様《ありさま》でした」

「目に浮かぶわね」

と、ちか子も笑った。

「そう……。そうなんです」

敏子も、少し照れた表情で、「私もいつもならコップ一杯なんですけど、その日は――

やっぱり幹事ですものね、飲まなきゃいけないって気になって……。四、五杯も飲んだかしら」

「まあ凄い」

「で、智春さんも――」

「智春さん？　弱いでしょ、やっぱり」

「ええ。それで少し飲みすぎてしまって……」

敏子は、言葉を切った。

「――どうしたの？」

「いえ……。本当に、大したことじゃないんです。――ただ、気分が悪くなってしまって、一人で残ったんです、智春さん」

「残った？」

と、ちか子は訊いた。

「残ったんです」

「――どこに？」

「集会所です。幹事の私たちで、当然後片付けもしなきゃいけなくて。その途中で、智春さん、気分が悪くなって、『少し横になるから』と言って、空いている和室で――。畳のお部屋がありますよね。あそこで横になっていたんです」

敏子は、少し神経質そうに膝《ひざ》を揺《ゆす》って、

「で、片付けがすんで、私たち、ホッとしたせいで智春さんのことを忘れてしまったんですの。ご苦労さま、って声をかけて、みんなずいぶん遅くなってもいたので、急いで家へ——」

「それで？」

「私、家でお風呂へ入ってるとき、思い出したんです、智春さんのこと。いけない、と思って。——どうしようか、って迷ったんですけど、お風呂を上ったら、主人から電話で、帰りがもっと遅くなるって。それで、私、服を着て、集会所へ戻ってみたんです」

「で、智春さんは？」

「あの——」

と言いかけて、「少し手前で、集会所から誰かが出てくるのが見えたんで、足を止めました。——コーチの水島さんでした」

「そう」

「急ぎ足で行ってしまって……。私、もう智春さんも帰ったのかな、と思ったんで、戻ろうとしたんです。でも、そのとき……」

敏子は、間を置いて言葉を捜している様子で、「——出て来ました。智春さんが」

「一人で？」

「ええ。もう、集会所の明りも消えていましたから、誰も後にはいなかったはずです。智春さんは、一人で出て来て、自分の家の方へ戻って行きました。——それだけです」

敏子は、そう言ってから、「それだけなんです」

と、くり返した。

ちか子は、しばらく目を伏せて考えている様子だったが、

「——敏子さん」

「はい」

「夜遅く、集会所で、智春さんとその——水島っていった？　コーチの男性が、二人で残っていたってことなのね、要するに」

「そうなんです。でも、それだけのことなんです。珍しいことじゃありません。それだけで、智春さんにどうこう言うのは……。多少軽率だった、とは言えるかもしれませんけど」

「多少、ね」

ちか子は、じっと敏子を見て、「敏子さん。あなた、まだ話していないことがあるんじゃないの？」

と言った。

「いえ——」

「話して。私はもうこの年齢《とし》よ。何でもないことを、大げさに取ることもない。分るでしょ?」

「もちろんですわ」

「じゃ、安心して話して」

「ええ……。でも、どうってことじゃないんです。それに、夜のことで、暗かったし」

と、敏子は言った。「ただ――智春さんの様子が、少し変だったんです。それだけなんです。髪が乱れてたり、ひどくおどおどしていたり……。でも、そんなこと、大したことじゃありませんし。私が心配なのは、そのことじゃないんです。社宅の中で、噂が広まっていることで、それが伸男さんの耳にでも入ったら、と思って。そのことが心配なんです。だって――それだけのことで、智春さんと水島先生の間に何か、あったなんて、言えっこありませんもの」

「――そうね」

と、ちか子は肯いた。「ありがとう、話してくれて」

「いいえ。――お話ししてホッとしました」

「そうよ。それでいいのよ」

と、ちか子は言った。「敏子さん。社宅の中の様子に、よく気を付けていてちょうだい。そして、また報告して。――いいわね」

「分りました」

と、敏子は言った。「ご心配いりません。智春さんは、そりゃあ真面目な人なんですから」


「お母さん、電話、誰から？」

お風呂から上った有貴が、パジャマ姿で居間へ顔を出して言った。

「電話？」

と、ソファで新聞を見ていた智春は顔を上げた。

「うん、鳴ってたでしょ」

「ああ。あなたじゃないわ。お父さんの知り合いの人」

「何だ」

と、戻りかけて、「――あ、そうだ。思い出した」

「何を？」

「この間、お母さんに電話がかかって来たんだ」

「誰から？」

「それが私のこと、お母さんと間違えてて、何だか、先日は失礼しました、とかって謝られちゃった」

と、有貴は笑った。「娘だって分ったら、あわてて切っちゃったよ」

「へえ。──何て人?」

「男の人。──水島っていったかな、確か」

と、有貴は言った。「知ってる?」

智春はガサゴソと新聞を広げ、

「分ったわ。──知ってるけど、どうって人じゃないの」

有貴は、部屋へ戻って行く。

智春は、そっと新聞を下ろした。

水島……。電話して来ていたのか。

智春は、とても新聞を眺めている気分ではなかった。

電話が鳴り出し、智春はすぐに出た。夫からかと思ったのだ。

「──沢柳でございます。──もしもし」

「あの……奥さんですか」

「はあ」

「水島です」

智春はサッと青ざめた。

「どうも……。先生、色々とお世話になりまして」

と、何とか言った。

「いや、どうも……。この間、間違って娘さんと話をして、てっきり奥さんかと」

「聞きました」

智春は、居間のドアをチラッと振り返って、

「何か――娘にお話しになりましたか」

「いいえ。何も言っていません。その点は大丈夫です」

と、水島は言った。「奥さん――」

「新しいお教室はいかがですか？」

「ええ……。まあ、何とかやってます」

「私は、あの後、教室へ行っていないものですから。色々忙しくて、つい――」

「奥さん……」

「皆さんも、よく先生のお話をしていますよ。新しい先生はどうなんでしょうね」

「いや、彼もベテランですから、大丈夫でしょう。奥さん――」

「水島先生……。もう、お電話なさらないで下さい」

と、小声になる。

「分っています」

と、水島は言った。「あのときは、二人ともどうかしていて――」

「お願いです」

と、智春は遮った。「もう、忘れると決めたんですから」

「ええ、ええ。よく分ってます。でもね、奥さん……」

水島は、少し間を置いて、「切らないで下さいよ。お願いです」

「何ですの？」

「もう一度、会っていただけませんか」

智春は表情をこわばらせて、

「お断りします」

と言った。

「どうしてですか」

「どうしてって……。当り前じゃありませんか。もう——もう二度とお会いしません」

智春は、そう一気に言って切った。

心臓が高鳴り、不安が急速にふくれ上って来ていた。

救急車の娘

「あの――すみません」

智春は、すれ違おうとした主婦に声をかけた。

「このアパート、ご存知ありませんか？」

と、メモを見せる。

「さあ……。よく分らないけど――」

面倒がって、メモを見もしないで首を振ったが、

「ああ、ここね。――この先よ」

と、目をやって、

「このコンビニの角を左へ曲ると、すぐですよ」

「どうも。――どうもありがとう」

智春は急いで何度も頭を下げると、言われた方へと小走りに急いだ。

雨になりそうな、薄暗い日だった。午後の三時くらいだというのに、もう夜になるかと思うほど、光が乏しい。

智春は、角を左へ曲って、すぐにそのアパートを見付けた。

「二階……。二階の203号」

と、メモを見て呟きながら階段を駆け上った。

息が切れる。――このところ、ずっとエアロビもやめてしまっているせいだろうか。

203。――ここだ。

ドアを叩くと、すぐに中から開いた。

「智春さん」

と、顔を出した沢柳良二が、ホッとした様子で、「早かったですね」

「だって、急いで来てくれ、って言うから――。どうしたの？」

と、智春はやや拍子抜けの気分で、中へ入る。「具合が悪いって言ったのに。そんな風でもないじゃない」

「僕じゃないんです」

と、良二は言った。

それ以上は訊かなくても上り込むと、分った。

六畳間に敷いた布団に、若い女の子が寝ている。顔が青白い。

「――この子は？」

と、智春は薄いコートを脱いで、座った。

「うん……。弥生《やよい》っていうんだ」

「弥生……さん？」

「何だか、ゆうべから……出血してて止らないんだって」

と、良二は当惑気味で、「僕には言ってくれないんですよ。恥ずかしいのかな」

「出血が？」

智春は、その少女の方へ近寄った。――少女といっても、小柄な印象でそう思えるのかもしれないが、どう見ても二十歳そこそこである。

少し苦しげに息をしていた少女は、智春を見上げた。

「私、良二さんの姉の智春。義理の姉、ってことだけど。――弥生さん？　どう具合が悪いの？」

「すみません……。放っといて、って言ったんですけど」

と、弥生という少女は気丈な口調で言った。「流産しかかってるんだと思います」

「何ですって？」

智春は愕然《がくぜん》とした。

「してしまった方が……。流産しちゃった方がいいんです」

「馬鹿なこと言って！　あなたの体がだめになるわよ。――良二さん、救急車を」

「そんな――大げさにしないで」

と、弥生という少女は、起き上って、智春の手を握った。「死んだら死んだでいいの！　どうせその方が喜ばれるの」

「弥生さん。そんなこと、病院へ行ってみなきゃ分らないでしょ。――良二さん！　早く救急車！」

「分った！」

良二が電話へ飛びつく。

「お願い……。黙ってて下さい。誰にも言わないで。私がここにいるってこと……」

と言いかけて、弥生はアッと声を上げ、身をよじった。

「苦しい？　痛むの？」

「今――急に……」

「ともかく、すぐ救急車が来るから。――良二さん、呼んだ？」

「うん、すぐ来る」

「表に出て、待ってて。来たら、すぐ案内して」

「分った」

やることができて、良二は却《かえ》ってホッとしたようだった。急いで飛び出して行く。

「しっかりして！　すぐ救急車が来るからね」

と、智春はくり返した。

「すみません……」

　と、弥生は脂汗をにじませて言った。

「いいのよ。――苦しい？　私の手を握って、力一杯、握っていいのよ。痛かったら、声を出して」

「はい……」

　弥生の手がおずおずと智春の手をつかむ。力をこめて握ってやると、弥生も安心したように握り返して来た。

「どれくらい、今？」

　と、智春は訊いた。

「たぶん……四カ月か五カ月」

「もう、そんな？　良二さんも何か言ってくれればいいのに」

「違うんです」

　と、弥生が小さく首を振る。

「違うって？」

「良二さんの子じゃありません」

「え？」

　智春は面食らった。

「私……ただ、良二さんのお世話になってただけなんです」

「じゃあ……」

と、智春が言いかけたとき、弥生は、また声を上げて苦しげに身をよじった。


「——僕がバイトしてたスーパーでね」

と、良二が言った。「あの弥生は伝票の整理とかしてたんですよ。そのときの店長ってのが、いやな奴で。お金が合《あわ》ないときがあって、それをあの子のせいだって脅して。で、言うこと聞けば、クビにならないようにしてやる、って」

智春は、病院の廊下へ目をやりながら、

「——それじゃ、その店長の子供？」

「ええ。結局、言われるままに彼女、ズルズルと店長のオモチャにされて。弥生はね、両親が蒸発しちゃって、一人で生きてかなきゃいけなかったんです」

「それにつけ込むなんて……」

「ひどいでしょ？　僕も頭に来ててね、でも、あの子はやさしいから。——で、妊娠したって分ると、とたんにクビですよ。僕は怒って、みんなの前で店長をぶん殴ってやったんです」

「それであの子を？」

「面倒みる人もないしね。でも、あの子は、子供を堕《おろ》すのを怖がって。悩んでる内にあんなことに……」

良二は、落ちつかなげに言って、「大丈夫かなあ」

と、心配そうに言った。

「でも――呆《あき》れた」

と、智春は言った。「良二さんのお人好しも相当なもんね」

「いけませんか」

「いいえ。私は、そういうところが好きよ。でもね、お義母様が知ったら、大変でしょうね」

「黙ってて下さい！　ね？」

「もちろん、私は言わないけど……。でも、これからどうするの？」

「それは……これから考えます」

良二も坊っちゃん育ちである。何とかなるさ、というところがあるのだ。

「電話するわ、うちに。黙って出て来ちゃったから」

「すみません」

良二も一応は恐縮している。

智春は、病院の中の電話で、うちへかけた。

「――あ、有貴。お母さんよ。ごめんね、急な用で出かけて来ちゃったの。もう少しかかるけど、そう遅くならないから。――うん、夕ご飯、お寿司《すし》でも取っといてくれる？　じゃ、お願いね」

智春が戻ると、良二が医者と話していた。

「――分りました。よろしく」

と、良二が頭を下げる。

医者が行ってしまい、智春は、

「どうだって？」

と訊いた。

「子供は流産したそうですけどね。弥生は大丈夫だって」

「まあ、良かったわね」

智春もホッとした。

「おかげさまで。ありがとう、智春さん」

「どういたしまして。でも、入院するんでしょ？」

「一週間ぐらいは、って。――それで、申しわけないんですけど」

と、良二は言い辛そうにしている。

「お金のことね？　まさかお義母様にお願いするわけにもいかないでしょ。いいわ、何とかしましょ」

「恩に着ます」

と、良二が手を合せる。「観音様みたいだ」

「やめてよ」

と、智春はふき出した。「退院したら、またあなたが面倒みるの？」

「他に行く所もないんですからね、あの子。でも、本人もよく分ってますから」

良二の言葉に、智春としても、余計な口を挟むことはない。

「じゃ、弥生さんによろしく」

と良二の肩を軽く叩いて、病院を後にしたのである。

外は、雨になっていた。


「――じゃ、お願いします」

お寿司の出前を頼んで、有貴は電話を切った。

お母さんが帰るのを待ってから食べようか。――でも、あんまり遅かったら、お腹が空くしね。

「お母さん、どこに行ってるんだろ？」

と呟きつつ、TVをつけて見ていると、玄関の方でコトンと音がした。

何かしら？

有貴は玄関へ出てみた。

ドアについた新聞受の中に、何か入っている。

有貴は、その白い封筒を取り出した。

宛名は〈沢柳智春様〉となっているが、住所も何も入っていない。ということは、直接ここへ入れて行ったのだ。

差出人の名もない。

有貴は、何だかいやな予感がした。その宛名の文字が、まるで定規を当てて書いたという字なのも妙だ。

迷ってから、有貴はその封を切った。

手紙は、ワープロで打たれていた。

〈沢柳智春様
あなたがしたことは恥ずべきことです。夫が、忙しく仕事をしているときに、他の男と何をしていたか、私はよく知っています。
あなたと水島コーチのことを言っているのは、もちろんお分りでしょう。
妻は夫に対して忠実であるべきです。夫を裏切るような妻は、家から追い出されるべきです。

あなたがご主人に対して心から詫びるのを、私は願っています。

今では、誰もが「あのこと」を知っているのです。よく反省し、罪を悔いて下さい。

あなたの友〉

——有貴は何度も読み返した。

水島というのは、いつか電話で有貴のことを母と間違えた男だ。

水島コーチ。——何のコーチだろう。

もちろん、有貴も小さな子供ではない。この手紙の意味が分らないわけではなかった。

でも——お母さんが？　そんなこと、あるわけない！

その手紙を、有貴は封筒へ戻したが、母へ渡すべきかどうか、迷った。

封を切ってしまっているのだから、母に渡せば、中を読んだことは分る。母はどう言うだろうか。

もちろん、

「いたずらよ」

と笑ってすませるだろう。

有貴も、それが信じられればいいと思う。しかし、水島という男から電話があったこと。

それは事実である。

有貴は、手紙を渡さないことにした。――もし、それが本当だと母から言われたら、どうしていいか分らなかったからである。

誰も、俺には声をかけて来ない。

当然だ。——これから落ちめになるだけの人間と親しくしようなんて奴はいないさ。そうだとも。

奈良は、そう考えてから、自嘲気味に笑った。全く、俺のひがみっぽいのにも困ったもんだ！

大切な取引先を怒らせてしまったといったところで、それはほんの三十分ほど前のことだ。社内の誰も知っているわけがない。

みんな忙しい。そうだ。だから、みんな奈良にいちいち話しかけて来たりしないのである。当り前のことだ。

落ちつけ。——落ちつけ。

奈良竜男は、自分へ言い聞かせた。何とかなる。まだ大丈夫だ。お前は課長だ。課長なんだぞ。

「——おい、奈良」

と呼ばれて、一瞬ドキッとする。

「沢柳か。――何だ」

と、息をついて席から見上げると、

「うん。お前の都合さ。今日中に決めとかないと、って言ってたじゃないか、自分で」

何の話だっけ？――奈良は必死で考えてやっと分った。

「そう……。そうだったな」

「自分の昇進祝いだぜ、忘れるなよ」

と、沢柳伸男は笑って、「いつがいい？　俺は来週後半なら大丈夫だ」

「うん……。そうだな」

奈良は、自分の予定表へ目をやった。「――なあ、沢柳」

「うん」

「少し……先にしてもらってもいいか」

「ああ。もちろん俺は構わないぞ。お前のためにやるんだからな」

伸男はそう言って、「――どうした。具合でも悪いのか」

と、奈良の顔を覗き込んだ。

「いや……。そんな顔してるか？」

「青白いぞ。貧血でも起したのか」

奈良は、ちょっと唇をなめて、

「なあ、少し時間あるか」

「今?　——ああ、三十分くらいなら」

二人は、ビルの地階の喫茶店に行くことにした。

奈良と沢柳伸男は同期の入社で、よく一緒に飲んだ仲である。今は仕事のセクションが全く違ってしまって、あまり会うこともなくなった。

奈良が来月から課長に昇進すると決って、同期のメンバーでお祝いをしようということになっていたのである。三十八歳。今の時代では、四十前で課長ということは珍しい。

「——すまん」

と、奈良が口を開いた。

「おい、相変らずだな」

と、コーヒーを飲みながら伸男は笑った。

「初めにすぐ謝るくせは抜けないようだな」

「ああ」

と、奈良は苦笑した。「こういう性格は一生変らないだろうな」

「何かあったのか」

「うん……。課長昇進のお祝いは、当面見合せた方が良さそうだ」

声が喉に絡まってしまいそうになる。「取り消しってことになりそうだからな」

「何だ。どうしたんだ」

伸男が真顔になる。

「さっき――つい三、四十分前だ。来週の業務提携のプレス発表の件で、S工業へ連絡した。事務レベルの打ち合せだったから、かなり細かい点を詰めてた」

「会いに行けば良かったのに」

「うん、そうなんだが、来客があるんで、つい……。で、詳細はファックスで送る、と言って――」

「どうした?」

「ファックスを入れた。――それが何と、手帳の欄を見間違えて、Kベアリングへファックスを入れちまった」

「おい……」

伸男は目を丸くした。「よりによって――」

「そうなんだ。一番知られちゃまずい所へ行っちまったのさ」

と、奈良はタバコに火を点けて、少し間を置くと、「当然、Kベアリングはカンカンに怒って、S工業へすぐ電話を入れる。S工業からは俺の所へ、全部ご破算だ、と怒鳴《どな》ってくる。――青くなってるわけが分るだろ?」

「ああ……。分る」

伸男は肯いて、「Kベアリングへは、いつ話をすることにしてたんだ?」

「あさってだ。社長が銀行のお偉方と同行して、きちんと挨拶をするということになっていた。もちろん、向うは面白くないだろうが、何とか納得させられただろう。だが、——もうおしまいだ」

二口、三口吸っただけのタバコを灰皿へ押し潰す。

「ファックスなんか、いつも女の子にやらせてた。こんな簡単なことをしてて、給料を取って、楽なもんだと思ってたが、大変なもんだな」

と、苦笑いして、

「なまじ、大切なファックスだから、と思って、自分でやったのが間違いさ。女の子へ任《まか》しときゃ、何でもなかったかも……」

「奈良」

と、伸男は身をのり出すようにして、「諦めるなよ。何とか手を打つんだ。まだ三、四十分しかたってないんだろ?」

「しかし、どっちもトップの耳にまで入ってる。とても無理だ」

「しかし……」

伸男は必死で考えていたが、「——待てよ。S工業とKベアリングだな。そうか」

「沢柳——」

「ここにいろ」

伸男はパッと席を立って、店を出て行った。

奈良は、体中から力が抜けていくようで、「ここにいろ、と言われなくても、立てないよ」

と、呟いた。

沢柳……。あいつはいい奴だ。

しかし、「沢柳」と呼ぶ度に、思い出さないわけにはいかない。それが社長と同じ姓であること、彼が社長の息子であることを。

確かに、そういう立場を充分に承知した上で、あいつはよくやっている。全く普通の社員として振舞っているし、よく働く。

もしこれが「加藤」とか「田中」とかいう名前だったら、誰もあいつが社長の息子だなんて気付かないかもしれない。

しかし——事実は事実だ。本人が、どんなに「親は親、俺は俺だ」と言ったところで、周囲はあくまで、「社長の息子」と見る。

奈良は、しゃにむに働いて、課長のポストへ手の届くところまで来た。しかし、沢柳は、やがて奈良を追い越して行くのだ。「生れ」という、自分の能力や努力とは何の関係もないことで。

そんな見方が、沢柳に対して不公平だということは分っている。しかし、「何でもない男」と思うことは、やはり不自然なのである。

——奈良は、コーヒーを飲み干した。

あいつ、どこへ行ったんだろう？

気のいい奴だ。それは確かだ。しかし、俺だって、ああいう家に生れたら、「気のいい奴」になれる。——そうだとも。

そこへ、伸男が戻って来た。

「おい、奈良、出かけよう」

と、座るなり言った。

「どこへ？」

「N銀行の今沢《いまざわ》さんに会いに行くんだ。アポイントは取った」

「今沢？　頭取の？」

「うん。昔からうちの親父と親しくて、俺も小さいころから知ってる。ともかく行こう」

「分った」

N銀行と、今度のことと、どう関係があるのか分らなかったが、ともかく今は言われる通りにするしかなかった。

二人は急いで喫茶店を出たのだった。

「沢柳——」

と、奈良は言った。「ありがとう」

「もうよせ」

と、伸男が照れたように、「晩飯をおごってもらった。それで帳消しさ」

二人は、バス停に並んだ。

夜の九時を少し回っている。——社宅を通るバスなので、当然同じ会社の人間も何人か列の中にいた。

「丸くおさまって良かった」

と、伸男は言った。「あの頭取は、やたら結婚の仲人をやるのが好きな人なんだ。確かS工業の社長の娘さんのときも、Kベアリングの社長の長男のときも、あの人が仲人をやったな、と思い出したんだ」

「助かったよ」

と、奈良は言った。

銀行の頭取、しかも子供の結婚の仲人をつとめた人間から、

「まあ、今回は目をつぶってやってくれ」

と言われたら、内心どう思っていても、

「かしこまりました」

と言わざるを得ない。

奈良の方も、もちろん二社へ回って頭を下げて来たが、向うは苦笑いしているばかりだった……。

「これで、昇進祝いができそうだな」

と、伸男が言った。

「あら、あなた」

と、声がして、

「智春。——何だ、今帰りか」

「ええ。あ、奈良さん、今晩は」

「奥さん、どうも」

奈良はあわてて頭を下げた。

「この間、奥様とデパートでバッタリお会いしましたわ」

「ああ、言ってました。うちのはあんまり出歩かないので、少し引張《ひっぱ》り出してやって下さい」

「でも、ご主人と二人でお食事なんて、結構ですね。うちじゃ、そんなことちっとも」

と、智春は笑って言った。「私、列の後ろに並ぶから」

「ああ。俺も行くよ。——じゃ、奈良。また」

「ああ。今日はありがとう」

奈良は、伸男が妻と二人で律儀に列の最後につくのを眺めていた。

そう。あの奥さん一人くらい、ここに割り込んでも誰も文句は言うまいが、それをしないところが、あの二人のいいところなのである。

奈良は、もちろんホッとしていた。助かって、喜んでいた。課長になる、ということは、もうみんな知っていたのだ。これで取り消しなんてことになれば、何ともみっともない話である。

伸男に対して、感謝する気持は、充分にあった。しかし……。

しかし、同時に、「やっぱりあいつにはかなわない」という気持も、苦い思いと共にこみ上げて来ていた。

奈良がどんなに頑張っても、結局、伸男がN銀行の頭取を知っているということにはかなわないのである。

安心感と感謝の思い。そして、屈折した諦めの気持……。

それに——あの奥さんの可愛いことはどうだ。

奈良は、列の後ろの方に並んだ智春の方へそっと目をやった。——次の電車も着いていて、列はどんどん長くなっている。

智春は、夫と何かしゃべっていた。

若くて、活《い》き活きして、可愛い。

奈良は、たまに社宅にいて智春の姿を見ることがあった。

妻の敏子とは、確か同じ年齢《とし》のはずだが、智春には少女のような無邪気な明るさがあって、まぶしかった。

敏子は、大人しく、自分の思っていることを口に出そうとしない。智春は、決しておしゃべりではないが、どこにいても自分らしく振舞って、それがごく自然である。

――すてきな人だ。

奈良は、そっと目の端ででも、智春の姿を捕《とら》えると、胸のときめくのを覚えた。

――沢柳の奴。

あいつには、将来が約束され、可愛い妻と、そして娘もいる。

俺には？　――散々働いて、やっと手に入れた「課長」の肩書か。

もちろん、そんな言い方が何の実りももたらさないことは、奈良にも分っている。

「――やっと来た」

と、誰かが言って、バスがターミナルへと入って来るのが見えた。

「まあ、そんなことがあったの」

と、智春は言った。「でも、良かったわね、奈良さん」

「うん。もうみんな、奴が課長になるって知ってたからな。それが取り消し、なんてことになったら……」

「そうね。——何が起るか分らないものよね、本当に」

智春は、遅い夕食をすませて、茶碗《ちゃわん》を片付けていた。

「残しちまったな、おかず」

「いいわ。仕方ないもの。私も、こんなに遅くなると思わなくて」

当然、伸男も奈良と食べて来ていたのだが有貴が一人でお腹を空かしてむくれていたこともあって、三人で一応食卓を囲んだのだった。

「ふーん」

と、有貴がダイニングへ入って来て、「お父さんもちっとは顔がきくんだ」

「有貴。聞いてたのか？」

と、伸男はちょっと心配げに、「誰にも言うなよ」

「聞こえるに決ってるじゃない。大邸宅じゃないんだから」

と、有貴が言い返す。「聞かせたくなかったら、夜、お二人だけのときに話して」

「有貴ったら」

と、智春が苦笑する。

「全く、口ばっかり達者になって」

と、伸男が言うと、

「他のことも達者になっていい？　男遊びとか」

「十三歳の言うことか」

「だって、ここんとこ、お二人とも帰りが遅いじゃない」

智春がチラッと有貴を見る。同時に伸男の目は智春を見ていたが、智春は気付かなかった。

「――ごめんなさい。でも、仕方ないのよ。お母さんも忙しいの。実家にも用があってね」

「悪いって言ってんじゃないのよ。でも、前もって言っといてくれると、何か買って来て食べるからさ」

と、有貴は言った。

「そうね。今度から気を付けるわ」

智春が台所に立つ。

有貴は、新しく憶えた歌を口ずさみながら自分の部屋へ行った。

「――何かあったのか、実家の方で」

と、伸男が訊いた。

「ううん。別にそうじゃないの」

「お義父さんは、仕事のこと、何か言ってたかい？」

「さあ。――父とは会うことないもの。どうして？ あなたの方へ何か話があった？」

「いや、何も。ただ、お義父さんにはあんまり向かない仕事だろうと思ってさ」

「仕方ないわ。ぜいたく言ってられないわよ、何だって」

智春は茶碗を洗い始めた。――水音で、話し声が聞こえなくなるので、会話は途切れていた。

父のこと。――そう、ちゃんと会社へ行っているのだろうか、と智春も気にしていた。

しかし、今日は実家へ行ったわけではない。あの、良二が面倒をみている弥生という女の子――田所弥生という名だと知ったのだが――の入院費用を納めに行ったのである。

本当なら、それですぐに帰ってくるつもりだったのだが、女の子が入院するのに必要な色々な物を、良二では揃えられないので、何度か買いに出たりしていて、すっかり遅くなってしまった。

しかし、田所弥生には智春しか頼れる女性がいないのだろうと思うと、ついあれこれやってしまう。——流産の後だ。大切にしておく必要がある。

もちろん、良二との約束があるから、弥生のことは夫にも話していないのだ。

「奈良さんが課長になるお祝い、しなくてもいいの？」

と、智春は訊いた。

水音に負けない大きな声を出していた。


奈良は、風呂を上って一息ついた。

妻の敏子はぬるい風呂にしか入れないが、奈良は熱いお湯に入らないと気がすまない性質《たち》である。

だから、こうして風呂を出てもしばらくはバスタオル一つの裸で、体が少し冷えるのを待つ。

「おい、もう入っていいぞ」

と、敏子へ声をかけたが、返事がない。

聞こえなかったのかな？

奈良は居間を覗いた。

敏子は、ソファの隅に座って、電話していた。入口の方へ背中を向け、何だか人に聞かれたくない話でもしているような感じだ。

女は長電話だからな、と奈良は寝室へ戻りかけて――。

「沢柳さんの奥さん」

という言葉が耳に入り、足を止めた。

――「沢柳さんの奥さん」と敏子が呼ぶのは、沢柳智春のことしかいない。

何だろう？

「――ええ、もちろんね、まさかとは思うけど。――そうね。あんまり他の人には言わないようにしましょ。――ねえ、そうよね。何しろ社長の息子さんの奥様ですもの」

と、敏子の声が聞こえる。

やはり沢柳智春のことだ。

「――あの晩、あなたは最後まで残ってたのよね。――ええ、そう。私もじきに出てね。――そうだったわね。――ただ、私ね……」

と、ためらって、「ただ……。実はね、これ、誰にも話してないの。内緒よ。――黙っててくれる？」

何のことだ？　奈良は、居間の戸口からじっと耳を澄ました。

「――私、集会所へ戻ったの。――ええ、一時間くらいしてからかしら。気になってね、あの奥さんのことが」

敏子の話し方は、淀《よど》みなく、滑らかだった。いつもの敏子ではない。いつもなら、もっと一言一言、考えながらしゃべるので、ゆっくりになる。

こんな風にスラスラと言葉が出てくるというのは、ちゃんと考えていたからだ。

「――そうなの。そしたら、集会所から水島先生が出て来て。――一人よ。あわてた様子でね。――ええ、先に お帰りだと思ってたから、びっくりしたわ。――そうでしょう？ じゃ、戻って来られたのね、きっと。それでね、見てると、少しして沢柳さんの奥さんが……。髪の乱れを気にしながら出て来たのよ。――ええ、確かよ。でも、人に言わないでね。私が言いふらしたみたいになっちゃいやだし。あちらは未来の社長夫人ですものね」と、敏子は小さく笑った。「――それじゃまた。――ええ、そうね。今の話、くれぐれも内緒にね。よろしく。じゃあ……」

奈良は、敏子が電話を切るのを、じっと見ていた。

「――あなた！」

振り向いた敏子がびっくりして、「いつ出たの？」

「声をかけたぞ」

「そう？　聞こえなかったわ。――風邪《かぜ》ひくわよ、いつまでもそんな格好で」

「大丈夫さ」

と、奈良は言った。「おい。――今の話は本当か」

「聞いてたの」

と、敏子はちょっと目をそらして、「ええ、本当よ」

「ふーん。水島ってのは、エアロビの教師だろ」

「ええ。ま、どうってことないわ。それだけのことよ」

「それだけのこと？」

奈良は、首を振って、「俺は今日、沢柳に助けてもらったんだ。あいつがいなかったら、課長昇進の話もパアになるところだった」

「聞いたわよ。良かったわね」

「その奥さんのことを、どういう言い方だ？」

敏子は、夫をじっと見て、

「怒ってるの？　私、何も悪口言ってるわけじゃないわ」

と、言い返した。

奈良にも分っていた。敏子がこんな口のきき方をするときは、むきになっている。つまり、言われたことが当っているからなのである。

「本当のことを言っただけよ、私。何も付け加えちゃいないわ」

「分った。――風呂に入れ」

奈良は、寝室へと引っ込んだ。たぶん、敏子は拍子抜けしていることだろう。

──パジャマを着ながら、奈良は沢柳智春のことを考えていた。

水島か。あのキザな奴！

何度か見かけたことがあったが、どうして女房たちがあんな男に大騒ぎするのか、さっぱり分らなかったものだ。

しかし、その水島が、沢柳智春を抱いた？

本当だろうか？　敏子が見たというのは事実だろうが、それだけで「何かあった」と言えるかどうか……。

もし、本当にあったとしたら？

奈良は、一瞬、沢柳智春が水島に抱かれている姿を想像して、カッと胸の辺りが熱くなるのを覚えた。

「──何を考えてるんだ」

と、呟く。

それよりも……。そうだ、それよりも問題は、敏子のあの話で、たちまち噂はこの社宅の中へ広がっていくく。

──居間へ戻ると、敏子は夕刊を広げていた。

「おい、敏子」

敏子が顔を向ける。

「何があったかはともかく、今の電話の相手が、また誰かにしゃべるぞ。どうするつもりだ」

敏子は、面白がっている様子で、

「どうしてそんなに気にするの？」

と言った。

「当然だろう。沢柳とは友だちだ」

「私にあれこれ言ってもむだよ。――もう社宅の中じゃ、知らない人の方が少ないでしょ」

奈良は愕然とした。

「――はい、沢柳です」

電話に出て、智春は少し用心深く身構えていた。

まさかこんな時間に、とは思うが、水島がかけて来たら、と不安なのである。

「智春？」

「お母さん！　――どうしたの？」

ホッとすると同時に心配にもなった。

もう十一時を回っている。母がこんな時間に電話してくることは珍しい。

「あのね……。伸男さんは？」

「今、お風呂。あの人に用？」

「そうじゃないの」

と、矢崎万里子は急いで言った。「そうじゃなくて……。伸男さんの耳に入らない方が……」

「待って」

夫はともかく、有貴が起きている。智春は、ちょっと居間から顔を出して、確かめてから、

「――もしもし、ごめん。大丈夫よ。お父さんのこと？」

「え？」

「お父さん、会社へ行ってないんじゃないの？」

「ああ……。それはね、何とか行ってるらしいよ。本人もいやいやだけど、お前に悪いってことは分ってて」

「そう。――じゃ、何があったの？」

「浩士のことなの」

意外だった。弟がどうしたというんだろう？

「浩士って……。何かあったの？」

「今日ね、女の人が訪ねて来て」

「女の人？」

「で、浩士はまだ帰ってなかったの。私一人がいたんで、話を……」

と、言いかけて、声を詰らせる。

「お母さん！　しっかりして。何なの？　泣いてちゃ分らない」

「ごめんよ……。その女の人がね、浩士のことを訴える、って言うんだよ」

智春は、思いがけない母の言葉に、絶句してしまった。

めまい

智春は、玄関を出ようとして、軽いめまいを覚えて目を閉じた。

倒れそう、というほどではなかったが、念のために傍の靴箱に手をついてよりかかった。

――大丈夫。大したことはない。

頭が重いのは事実だった。ゆうべはあまり眠っていない。当然といえば当然だ。

「――もう大丈夫」

と、自分を励ますように口に出して言うと、一つ深呼吸をしてから外へ出た。

エレベーターで一階へ下り、建物から表へ出ると、思わず首をすぼめるほどヒヤッと空気が冷たくてびっくりした。

もちろん時季からいって、寒いということはないが、体の方は昨日の気候を憶えているので驚いてしまうのである。

「あ、今日は」

と、智春は顔なじみのクリーニング屋と出会って会釈をした。

「あ、どうも――」

太っていて、いつも汗をかいている男なのだが、服についたしみだの、袖口のほつれなど、頼めば色々とよくやってくれる。

「今日はちょっと急ぐの。ごめんなさいね」

と、智春は言った。

「いえ、またあさってには伺いますから」

「よろしく。一度、カーテンを出したいのよね。どれくらい時間かかるか、訊いてみて下さいな」

「かしこまりました」

と、ハンカチで汗を拭きながら、「お値段と時間を、拝見してから、きちんとお出ししますので」

「よろしくね」

智春は会釈して、バス停へと歩き出した。

「——奥さん、お出かけ？」

すれ違おうとした同じ棟の主婦が、声をかけてくる。

「ええ、ちょっと」

きちんとスーツを着込んでいるのだから、見れば分るだろう。その点では、この涼しさがありがたい。

「今の人、クリーニング屋さんでしょ」

「ええ。——それが何か？」

「別に」

と、微笑んで、「なかなか面白い人よね」

「そうですか」

と、面食らったが、「——急ぎますので」

バス停へと小走りに。もうバスのやって来るのが見えていたのだ。

やっと間に合って、智春は動き出したバスの中、空席を見付けて腰をおろした。

今話をした主婦が、ちょうどまた誰かと立ち話をしているのが目に入った。——暇な人にはかなわないわ、全く！

しかし、何だろう、あの言い方は？

智春は、その二人がバスの方を見てしゃべっているのに気付いた。もちろんバスはどんどん走って行くので、たちまち見えなくなってしまったのだが……。

あれは——あの二人は、私のことを話していたんだ。

智春は直感的にそう思った。

思い過しだろうか？　——どうでもいい。どうだっていいことだ。

智春は頭を切りかえようとした。——手早く回らないと、また夕食に間に合わなくなってしまう。ゆうべ、有貴に「帰りが遅い」と言われたのは応えた。今日は何としても帰って、夕ご飯の仕度をしよう。

——ゆうべの母からの電話が気になっていた。

いくら訊いても、母は詳しいことを言わず、

「ともかく来て」

の一点張り。

今日、智春は有貴の通うS女子大付属の、以前お世話になった小学校の先生と会うことになっていた。

今から行けば、大丈夫、間に合う。もう少し早く出て、途中で軽くお昼を食べるつもりだったが、掃除や洗濯で午前中はすっかり潰れてしまった。

学校での用事が簡単にすむといいのだが……。

こっちからの頼みごとだ。文句は言えない。途中、手みやげのお菓子くらいは買って行かなくてはならないし。もちろん、それと別に、高いフルーツでもデパートから先生の自宅へ送っておく。

義父、沢柳徹男から頼まれた幼稚園の件である。美幸を入れられるものかどうか。——たぶん、無理だろうとは思っていた。

しかし、義父の頼みで、夫に言われているのだから、「やるだけのことはやった」と言

えるようにしておかなくてはならない。

——学校の用事がすんだら、本当は田所弥生の所へも回りたかった。しかし、時間によっては、母に会いに行かなくてはならないだろう。どうやら、そっちも手間取りそうな予感がする。

バスが駅前に着いた。

大勢おりるので、焦っても仕方ない。うまく急行に乗れるといいけれど……。

改札口の方へ急いで歩いて行くと、駅から出て来た男性と危うくぶつかりそうになって、

「あ、すみません」

と、素早くかわし、行こうとするところを腕をつかまれてびっくりした。

「奥さん」

——水島の顔を見て、自分でもサッと青ざめるのが分った。

「何してるんですか。離して下さい！」

押し殺した声で言うと、水島も、

「いや……。行ってしまいそうだったから」

と、照れたように言って手を離した。

「失礼します。急ぐんですの」

「奥さん。待って下さい」

と、水島が前に回って、「あなたに会いに来たんです。ほんの十分くらいなら――」

「何のご用があるんですか？　これから子供の学校へ――」

と言いかけて、智春は、駅前の人ごみの中を、顔見知りの奥さんたちが七、八人連れ立ってやって来るのを目に止めた。

このままでは見られてしまう。

「こっちへ」

と、急いで駅の目の前にあるファストフードの店へと入った。

「二階なら、椅子がありますから」

と、階段を上る。

客のほとんどが学生なので、少しは気が楽だった。――仕方ない。智春はセルフサービスで飲物をもらうと、水島と二人で目立たない奥の席についた。

「――ご用件って？」

と、智春は言った。「手短かに。本当に時間がないんです」

「分ってますよ」

水島は、少し仏頂面で、「あのときは酔ってたから。そういうことですね」

「もう……忘れることにしたんです。お願いです。構わないで」

智春は目を伏せた。――どうして、どうして、あんなことになってしまったのか。

忘れることにした、と言ったところで、忘れられはしない。体の隅々までまさぐる水島の手の感触。

「——まあ、確かに僕もインストラクターという立場上、困りますからね、あんなことが明るみに出ると」

と、水島は肩をすくめて、「その点はご心配なく。しゃべったりはしませんよ」

「当然でしょう。——何もなかったことにしよう、とおっしゃったのは、そちらです」

「ええ、でもね——」

水島は、言いかけて、「どうも、何もなかったことにするのは無理なようですよ」

と、ブレザーのポケットから一通の封筒を取り出した。

「何ですの？」

「中を読んで下さい」

中の手紙を広げて、智春は目をやった。

〈水島様
あなたのしたことは、恥ずべきことです。
人妻を誘惑し、堕落させたことは、相手にも責任があったにせよ——〉

全身から血の気がひいていく。

「――あなたの所へは？」

と、水島が訊いたが、智春は黙って首を振っただけだった。

「そうですか。――ま、これが送られて来ましてね。しかも教室あてにです」

「教室へ？」

「僕の住所を知らないんでしょうね。それで、事務の子が開封して読んでしまった」

「それじゃ――」

「その子が僕に直接渡してくれたんですが、ま、黙っててもらうのに、晩飯をおごりましたよ」

水島は苦笑した。「しかし、困ったもんだ。――これが最後になればいいが、どうもそうは思えませんからね」

「でも……誰が？」

「さあ。誰かが見てたんですよ。僕とあなたが――」

「何てこと……」

と、智春は呟いた。

「奥さん」

水島は身をのり出して小声になると、「これは我々二人の問題です。――ね？　そうでしょう。どうしたらいいか、二人でゆっくり相談しましょう。今日忙しければ、今度、時間のあるときに、ゆっくり」

智春は、こわばった表情で、じっと水島から目をそらしたままだった。

「――もしもし、お母さん？」

電話ボックスの中で、智春は疲れ切っていた。

「智春。どうしたの？　ずっと待ってるのよ」

母の心細げな声が聞こえてくると、智春の心は揺れた。

しかし、もう帰らなければ、有貴の帰りより前に家には着けない。昨日の今日だ。何とか、今日だけでも……。

「ごめんなさい。今日は行けないの。学校へ用事で行って来て、すっかり遅くなって。有貴が帰って来るから、その前に戻っていないと。――ごめんなさい」

一気にまくし立てるようにしゃべって、

「明日、何とかして行くようにするから」

「明日は、母さん、病院なのよ」

「ああ……。そうか。浩士、いるの？」

「いいえ。ゆうべも電話して来ただけ。帰らなかったの」

「そう……。じゃあ、明日、浩士の会社へ電話してみる。会えたら会ってくるわ」

「智春……」

「ごめん。くたびれてるの。もう、とても話を聞いてる元気がないの」

智春は、ため息をついて、「お願い。――そっちで何とかできることなら、何とかして」

「それはね……。悪いと思ってるけど」

「お父さんには？」

「話してないの」

「どうして？　どうせ分ることよ」

「とても……話せないわよ」

と、母の声は消え入りそうになって、「じゃあ……また電話しておくれ」

「ごめんね。――もう、電車が来るから」

胸の痛みを覚えながら、智春は電話を切った。

タクシーを停《と》める。――電車で帰るよりも早いだろう。

いや、それよりも、混んだ電車で立って帰るだけの気力が、なかったのかもしれない。

行先を告げると、智春はぐったりとシートにもたれて目を閉じた。

――難しいですね。

あの先生の言い方。一時間近くも待たされて、何回も頭を下げ、そして言われた。

「そういうお子さんはねえ。うちじゃ、まず無理でしょう。難しいですね」

それでも、何とか幼稚園の部長に話してくれるという約束はしてくれた。

「どうぞよろしく」

と、何回もまた頭を下げて、やっと学校を出た。

病院へ回るどころか、真直《まっす》ぐに帰ってもやっと、という時間である。近くの店でおかずを買って帰ろう。

一人になって、タクシーの中、少しぼんやりしていると、水島の見せた手紙のことを思い出す。

あれは……あれは誰が出したのだろう？

水島のフルネームを知らないらしく、〈水島様〉となっていた。ということは、同じ教室で習っていた人間か。いずれにしても、あの社宅の誰かだろう。

誰かが知っている。――見ていた人間がいるのだ。

不安が、智春を押し潰しそうだった。

怒った女

「あの——申しわけありませんが」

と、智春は言った。「矢崎浩士、おりますでしょうか」

受付の女性はなぜかちょっとあわてた様子で、

「あの——矢崎でございますか」

と、早口に言って、「失礼ですが——」

「姉です」

と言うと、受付の女性はホッとした様子で、

「あ、お姉様ですか。お待ち下さい」

と、立って急ぎ足でオフィスの奥へと入って行く。

智春は、ちょっと首をかしげた。

すぐに浩士の顔が受付の後ろの衝立《ついたて》の向うに覗いた。背の高い浩士は、姉に向って笑顔を見せた。

「やあ、姉さん！　どうしたの、急に？」

「どうしたの、じゃないでしょ」

と、苦笑して、「少し、時間ある？」

「うん。ちょっとお茶飲んでくる」

と、受付の子に声をかけて、エレベーターへと歩き出す。

「——母さんから言われたんだね」

と、エレベーターが来るのを待って、「大したことじゃないんだ。母さん、心配性だから」

「グチを聞かされる身にもなってよ」

と、智春は言い返した。

下の喫茶店に入ると、浩士は長い足を少し持て余すようにして、斜めに座った。

「コーヒー二つ。——いい？」

「ええ」

智春は、息をついた。「色々忙しくて。くたびれてるのよ。あんまり騒ぎを起さないで。——何なの、一体？」

浩士は、どう話したものか、少し考え込んでいる様子だった。

長身で、やせてはいるがスタイルも顔立ちも悪くない浩士は、性格的にやさしいこともあって、昔から女の子にはずいぶんもてた。

大学を出て、今の会社へ勤めてからも、智春の知っている限り、途切れることなく恋人がいたし、しかもたいていは一年ぐらいで入れ替った。しかし、今まで、別れ話でもめた、ということは聞いたことがなかった。

「要するにさ……。ま、僕が二股かけたのがいけなかった」

「呆れた」

と、智春は言った。「訴える、って言ってるらしいじゃないの」

「大丈夫。やりゃしないよ」

「でも……」

と、不安を隠せず、「もし裁判なんてことになったら、費用だってかかるのよ」

「うん、分ってる」

コーヒーが来て、少し話が途切れた。浩士の方から、

「親父のことの方が心配じゃないか。ちゃんと出勤してないとか」

「お父さんには向いてないの。分ってるんだけどね。――でもうちの人の世話だし、少しは続けてくれないと」

「姉さんも損な性分だな」

「あんたみたいに呑気にやってられりゃ、いいわよ」

と、智春は言ってやった。「ちゃんと家には帰りなさい。どこに泊ってるの？」

「友だちの所さ」

「お母さん、そうでなくても気に病む人なんだから。分ってるでしょ?」

「うん。帰るよ」

「で、本当に大丈夫なの?　もし訴訟とかになったら……」

「自分で何とかするって。姉さんには心配かけないよ」

「でも、自分だけじゃどうしようもないときがあるわ。——もしものときは言って。弁護士さんとかには知り合いもいるわ、うちの人」

「ああ。でも、何とかするよ」

「そう。——そうね」

　できることなら、実家でのトラブルを、夫や義母には知られたくない。

「有貴ちゃん、元気?　しばらく会ってないな」

「ええ。一日ずつ生意気になるわ」

　と、智春は笑って言った。

　有貴も、浩士のことは結構好きで、小さいころはよく手を引かれて映画などにも連れて行ってもらったものだ。

「——じゃ、私、出かけるから」

「うん。あ、いいよ、ここは払う」

「そうね。払ってもらおう」

と、立ち上る。

そこへ、さっきの受付の女の子が入って来て、

「矢崎さん！」

と、足早にやって来る。「今、受付に――」

「え？」

「来たのよ。あの――女の人」

と、智春の方を気にしながら言った。

「浩士。――その人のこと？」

「うん」

「一緒に会いましょ」

「いや、僕が会う。本当に大丈夫。これは僕の問題なんだ」

と、早口に言うと、「ここ、頼む！」

と言うなり、駆け出して行った。

仕方なく、智春は支払いをすませると、

「ご迷惑かけて」

と、受付の子に言った。

「あ、いえ……。いつも矢崎さんにはお世話になってますから」

「でも……。その女の人って、前にも来てるんですか？」

「電話が何度か。――矢崎さんに頼まれて、居留守使ってたら、今朝になって、いるのは分ってるんだから会いに行く、って言って……」

「それで……。あの子も早く結婚してくれるといいのに」

「そう……。そうですね」

と、受付の子は言った。

「やっぱり覗いてみるわ。心配だから」

エレベーターで上って、扉が開くと、目の前に表情をこわばらせた女性が立っていた。

「あの――」

と、智春が声をかける間もなく、入れ違いでエレベーターに乗って扉を閉めてしまった。

浩士が、少し離れて立っていた。

「浩士。――今の人ね？」

と、智春が念を押すと、

「うん……。でも、もういいんだ。姉さんは心配しないで」

「でも――」

「仕事があるんだ」

と言うと、浩士は逃げるようにオフィスへと入って行ってしまった。

「もういい」どころではない。浩士の青ざめた顔は、言葉を裏切って余りあるものだった……。


有貴は、玄関のドアの前でかがみ込んでいる女性の姿を見て、

「ご用ですか？」

と、声をかけた。

ハッとして顔を上げたのは、有貴も顔だけは知っている奥さんだった。名前までは思い出せない。

「あ……。お嬢ちゃんね。今日は」

と、笑顔を作って、「ちょっと――お母様に用があって。でもお留守のようだから、また来るわ」

しかし、有貴の目は、玄関の新聞受に入れようとして、あわてて手の中に握り潰した封筒を見てとっていた。

「――じゃ、母に伝えますけど、ご用を」

「いいえ、いいの。直接お話ししないと。また来るわ」

と、行きかける。

「お名前だけでも」

と、有貴は言った。「連絡させます」

「いえ、本当に――」

「それとも、渡しておきましょうか、その手の中の手紙」

その奥さんの顔がこわばった。

「この前の手紙もあなたですか」

と、有貴は訊いた。

「何の話？　忙しいのよ、私」

別人のように突っぱねて、「子供の相手してる暇なんかないの」

と言い捨てると、半ば駆け出して行ってしまう。

有貴は、重苦しい気持で、玄関の鍵を開けた。

今日は学校が早く終る日で、まだ父も母も戻っていない。

あの奥さん、何て名前だったろう？　また会えば分るだろうが。

電話が鳴って、有貴は駆けて行って取った。

「はい、沢柳です」

「あ……。奥さんは……」

「母は留守です」

「そうですか。じゃ、また――」

と、その男は切ろうとした。

「待って下さい。私、娘です。どなたですか？」

「あの――水島といいます」

水島！　あの手紙にあった名だ。

「前にエアロビのコーチを。そちらでね。で、ちょっとお母さんにご相談があって」

「そうですか。母にそう伝えます」

「またかけますよ、どうも」

――有貴は、しばしたたずんでいた。

母のことを考えた。――あの手紙が、もし本当だとしたら。

まさか！　まさかお母さんが？


「どんな具合？」

と、病室へ入った智春は、田所弥生に声をかけた。

「あ、智春さん」

弥生は、大分血色が良くなっていた。

「元気そうね」

「ええ。――食べて寝て、ですもの。太っちゃいます」

「太ってちょうどいいわよ」

と、智春は笑って、「私の肉を分けてあげたいけどね」

「あの……すっかりご迷惑かけて」

と、弥生は頭を下げた。「良二さんから聞きました。入院のお金のこと」

「ああ。――いいのよ。良二さんに貸しただけ」

「必ずお返しします」

「今は体を治すこと。いい？　焦って無理すると、入院したことが役に立たなくなるわよ」

「はい……」

「良二さん、来る？」

「新しいバイトを見付けたとかで、忙しいみたい」

「今度は何してるのかしら」

と、智春は和菓子の包みを開き、「甘いもの食べて元気をつけて。――私も一ついただくわ」

「ありがとうございます」

弥生は和菓子をつまんで、「――おいしい！」

「ここの は評判なのよ」

と、智春は言った。「弥生さん、退院したら……」

「もう良二さんにはお世話になっていられません。どこか一人で住める所を捜します」

「でも、仕事できるまでには少しかかるでしょう」

「大丈夫です。若いんですから」

目に力がある。――智春は、嬉しかった。

「くたびれた」

と、智春は息をついて、「ここへ来るの、楽しみなの」

「見舞に来て下さるのが、ですか？」

「そう。だって、気をつかわないでいいんですもの。世間のしがらみにね」

「何か……困ったことですか」

弥生は真剣に訊く。

「困ったこと、ね」

と、智春は肯いて、「人間はね、こんな年齢《とし》になると誰でも困ったことの二つや三つ、抱えてるもんなの。どう頑張っても解決できないことをね」

「誠意があっても？」

「誠意ね……。でも、世の中にそんなものはない、って信じてる人に対しては、どんなに誠意を見せても、『こいつ、何を狙ってるんだ』としか思われないわよ」

「そんなの、寂しいですね」

「でも、事実よ」

智春は微笑んで、「ここへ来て安心していられるのは、それが通用するせいね、きっと」

と言った。

決算

「たまには、夕ご飯食べて行けば？」

と、沢柳ちか子は息子にお茶を出しながら言った。

「今日は、家で食べるって言って来たから」

と、伸男は言って、「たまには、うちへもおいでよ」

「出るのがおっくうで」

と、ちか子は首を振って、「あなた、お茶ですか？」

「俺はいい」

と、沢柳徹男は言った。「伸男と仕事の話がある。向うへ行ってろ」

「はいはい」

ちか子は、いつものことで、気を悪くしたりはしない。

伸男は、久しぶりで実家へ立ち寄っていた。父の方は今日休んで家にいたのである。

「伸男。お父さんに、ちゃんと検査を受けるように言って。今日だって、めまいがして起きられなかったのよ」

ちか子がそう言うと、

「うるさい。早く行け」

と、不機嫌な口調で追い出す父へ、

「お父さん。——大丈夫なのかい？」

「大したことじゃないんだ。あいつが大げさに言ってるだけさ」

沢柳徹男は、ちか子が居間から出て行くのを待って、少し声を低くして、「それで……どんな具合だ？」

「うん、智春が学校の小学部の先生に会って来たけどね。感触としては、なかなか難しいだろうって」

「そうか」

「一応、幼稚部の先生に話してはくれるそうだけど。——その結果はまた知らせるけど、あんまりあてにされても困るから、父さんの方でも、どこか当れる所へ当っておいてくれない？」

「うん……。分った」

父が、やや不機嫌になっていることが、伸男には分った。何でも自分の名前を出せば通らないことはないと思っているのだ。

「寿子さんは、どう言ってるの？」

と、伸男は訊いた。

「あいつは何も言わんさ。そういう奴だからな。——伸男、以前に選挙のとき面倒を見た議員がいたな」

「ああ。——何てったっけ。帰れば名刺があると思うけど」

「その男に当ってみてくれんか」

「美幸ちゃんのこと？」

と言ってから、あわててドアの方へ目をやる。

「でも……お父さんの方で誰かいないの？　もちろん、訊いてはみるけど……」

「智春さんに話して、頼んでもらってみてくれ。お前は出張があるだろう」

「分った」

と、伸男は肯いたが、正直気は重い。

ドアが開いて、ちか子がお菓子の皿を手に入って来た。

「これ、いただきものだけど、おいしいのよ。食べてって」

と、伸男の前に置く。

「本当にもう行くから——。じゃ、これだけいただくよ」

母が気を悪くしないように、伸男は、出されたお菓子をつまんだ。

「——智春さん、よくお出かけのようね」

と、ちか子は言った。

「そう？　あれはあれで忙しいんだよ」

「そうでしょうね。色々噂にもなってるらしいし」

ちか子の言い方は、明らかにとげのあるものだった。

伸男は戸惑って、

「母さん、何のこと、噂って？」

「何でもないの。じゃ、もう行く？」

「うん……。それじゃ、お父さん、明日連絡してみるから」

「ああ、頼む」

伸男を、ちか子だけが玄関まで見送って――。

居間へ戻って来たちか子へ、

「おい、何だ、あの言い方は」

と、沢柳徹男が顔をしかめた。「何かあったのか」

「別に。――今どき、珍しい話でもありませんわ」

ちか子が、空になった菓子皿を片付けながら、

「男が浮気すれば、女だってね」

「何のことだ」

ちか子は黙って居間を出ようとする。

「おい、待て！」

と、大声で呼び止める夫に、

「まだ耳は遠くありませんよ」

と、ちか子は振り返って言った。

「何の話か、と聞いてるんだ。男が浮気すれば女も、ってのは何のことだ」

「大したことじゃありません。社宅でね、ちょっとした噂になってるんですよ。智春さんのことがね」

「まさか！」

と、沢柳は言った。

「ええ、きっと噂だけなんでしょ。でも、人は話半分でも本気にします。何といっても、本当だった方が面白いですもの」

「智春さんが浮気したっていうのか。――めったなこと、言うもんじゃないぞ」

「お気に入りの智春さんですものね」

「話が違う。相手が誰でも、噂ってものは無責任だからだ」

「火のない所には煙は立たない、とも言いますよ」

そう言って、ちか子はちょっと笑うと、居間からさっさと出て行ってしまった。

「——ごちそうさま」

有貴が立って、「部屋にいる」

と、早々に引っ込んでしまう。

「おい」

と、伸男が言った。「どうかしたのか、あいつ？」

智春は、ご飯にお茶をかけて、「お義母様、お元気？」

「さあ。——大丈夫よ。色々ある年齢《とし》だわ」

「うん……。相変らずさ」

智春は、自分が義母に好かれていないことを、よく知っている。

一般論としても、息子の嫁が気に入らないのは、よくあることだが、智春の場合は特に、長男の嫁というだけでなく、将来父の後も継いで社長のポストにつく伸男の妻として、ふさわしい名門の出身であってほしいという、ちか子の期待に、応えられなかったのである。

伸男は、はなからそんなことを気にもしてないし、義父もやかましくは言わずにいてくれた。智春は、その点で幸運な方だったろうと思っている。

「——寿子さんのお子さんのこと、話してくれた？」

と、智春は訊いた。

「ああ。――僕もお茶漬にしてくれ。なあ、智春……」

「今度はどこに頼めって？」

「うん……国会議員だ。とても無理だと思うんだが」

「電話して、ともかくお話しだけでもしてみるわ。前の話も、まるきりだめになったってわけじゃないのよ」

「分ってる。――すまないな」

伸男は、名刺を渡して、「どうせ、そういう話は秘書にするんだ。そこで断られると思うけど」

「やっておくわ」

と、名刺をもらって、「あなた……。弁護士さんの知り合い、あるでしょ」

「うん。――何だ？　離婚訴訟じゃないだろうな」

「そんな……」

と、智春は笑って、「弟のことで――。浩士が、女の人とトラブルを起して」

「へえ。何ごとだい？」

「婚約不履行――っていうのかしら。母の話なんだけど、訴えるとか言ってるらしいの。もしものときは……」

「ああ、いいとも。しかし、金がかかるよ」

「そうなのよね」

と、ため息をついて、「丸くおさまってくれるといいんだけど――。あ、いけない」

時計を見て、立ち上る。

「ちょっと奈良さんの所へ行ってくるわ」

「奈良の家？」

「エアロビのお教室のことで。もうやめたんだけど、お金のこと、ちゃんと報告しなきゃいけないから。すぐ戻るわ」

早口に言って、夫の顔を見ないようにして玄関へ。

エアロビの教室、と訊いた夫の表情がくもったことに、智春は気付かなかった。


社宅の自分の棟を出て、歩いて行く。

ちょっとした団地になったこの一画、夜の風景には一種独特のものがある。

人通りはほとんどなく、それでいて照明は行き届いていて明るい。そして不思議なことに、その明るさが、却って寂しさを倍にもしているのだった。

明るく明りの点いた窓が、いくつも智春を見下ろしている。それは一つ一つが、その家の「目」のようにも見えた。

――奈良の所の玄関。チャイムを鳴らすと、インタホンから返事がある前に、ドアが開いた。

「ああ、奥さん」

奈良竜男が出て来たのである。

「今晩は。——奥様いらっしゃいます？」

「いや、実は今日から三日ほど実家へ。法事がありましてね」

「そうですか。お電話してから伺えば良かったですね。うっかりして」

「構いませんよ。何か言っておくことでも？」

「この……決算書に印をいただきたくて」

と、智春は言った。「でも、いらっしゃらないんじゃ——」

「それくらい押しますよ。どうぞ上って下さい。——どうぞ」

「それじゃ……」

——あの、水島の送別会の決算報告である。

思い出したくもなかったし、気も重かったが、ともかくやっておかなくてはならない。

全幹事の承認の上で、参加者に回覧するのである。

決算か。——何もかも、これでかたがついてしまうのだったら。あのことも、すべて。

それなら、どんなに良かっただろうか。

「ハンコを押せばいいんですね」

と、奈良は智春をソファへ座らせて、

「すぐ持って来ます」

「すみません、早く回してしまいたいので」

智春が待っていると、奈良はコーヒーをいれて運んで来てくれた。

「まあ。――そんな、お構いなく」

「ま、どうぞ。どこへハンコを?」

「じゃ……。この欄にお願いします」

智春は、奈良がその文面を見て、なぜか一瞬手を止めたのに気付いた。

「ご苦労様です」

と、奈良は押印して、「――送別会だったんですね」

「はい。今はもう新しい先生がみえて」

「奥さん……」

と、奈良は言った。「こんなことを――」

「何でしょう?」

奈良は立ち上ると、落ちつかなげに、TVの上の新聞をめくった。

「奈良さん?」

「――ご存知ですか」

と、背を向けたまま、「噂が広まっています」

智春の顔から、ゆっくりと血の気がひいていく。

「奥さん」

と、奈良は振り向いた。「あなたは聞いておられないでしょうが、噂が流れてるんです。あなたが……その水島というコーチと、送別会の夜に……」

「やめて下さい」

と、智春は顔を伏せて、「誰からお聞きになったんですか」

「家内です。――奥さん。大変なことですよ。今、社宅のほとんどの人……。いや、それは大げさじゃない。ほとんどの人が、その噂を知っています」

智春は愕然とした。

「本当ですか！」

「ええ。残念ながら本当です。僕は敏子に言ったんです。そんな無責任な噂はやめろ、と。でも、もう止めようがない。――そこまで行ってるんです」

奈良は少し間を置いて、「奥さん。でたらめですよね、もちろん」

と訊いた。

智春は両手に顔を埋め、ゆっくりと首を振るばかりだった。

「奥さん……。大丈夫ですか」

奈良は、心配そうに智春の方へやって来ると、ソファに並んで腰をおろした。

少し間を空けている。

「――妙なことを言ってしまってすみません」

と、奈良は目をそらして、「でも……はっきり申し上げておいた方がいいと思ったんです。いや、お怒りになったのなら謝ります」

「いいえ」

と、智春は少し気を取り直して、顔を上げると、「おっしゃって下さって、良かったんです。私も――このところ、ご近所の方の目が、何だか気になっていました。本当に、おっしゃっていただいて、良かったんですわ」

「それならいいんですが……」

と、奈良は少しホッとした様子で、「しかし、困ったもんですねえ、噂って奴は。相手がはっきりしないだけに、始末が悪い。うちの敏子なんか、奥さんのことをよく分ってるんですから、何とかすればいいのに……」

「それは無理です」

と、智春は言った。「敏子さんにも、どうしようもありませんわ」

いや、むしろ噂の出所が敏子なのかもしれない、と……。そう思うのは、奈良竜男に対して申しわけない気がしたが、直感的に智春はそう察していた。

敏子が智春のことを好いていないということ。――具体的に何かいざこざがあったわけでなくても、それは肌で感じられるものだ。

特に、敏子は幹事として、あの夜も他の人たちより遅くまで残っていたはずである。

「まあ……あんまり気にしないことですよ」

と、奈良は言った。「その内、みんな忘れて行きます」

「ありがとう、奈良さん」

と、智春は頭を下げた。

「いや、とんでもない」

智春は立って、

「お邪魔しました。――敏子さんに、この決算書のこと、おっしゃっておいて下さい」

「分りました。実家から戻ったら、すぐに」

「じゃ、失礼します」

智春は玄関へ出た。奈良も送りに出て来て、

「ご主人から聞かれたでしょうが、すっかり助けていただいて」

「ああ。――お役に立てて良かったですわ」

と、智春は微笑んで、サンダルをはく。

「じゃ――」

「沢柳君は本当にいい奴です」

智春は、奈良の心づかいをありがたいと思った。しかし……。

「――奈良さん。主人は……その噂のことを知ってるでしょうか？」

「沢柳君がですか。さあ……。そこまでは知りませんが」

「そうでしょうね」

「でも、聞いても笑い飛ばしますよ。当然でしょう」

と、奈良はわざと明るく言って、「――奥さん。もちろん、あんな噂はでたらめですよね？」

智春は、

「ええ。もちろん。――そんなこと、あるはずないじゃありませんか」

と、即座に答えた。

「そう。もちろん、そうです。――僕のように、奥さんを知っている人間なら、誰だって

分ってるんです」

奈良は、肯いて言うと「何か……お力になれることがあったら、言って下さい」

「ありがとう。――心強いですわ。どうもありがとう」

くり返して礼を言うと、智春は奈良の部屋を出た。

――夜の社宅の中から帰路につく智春は、どの窓からも見られているような気がした。

誰もが、自分の話をしていて、カーテンの隅からそっと覗き見ているに違いない、と
……。本当にそんなことがあるわけないと思っていても、智春の足どりはつい速くなっていた……。


「――あなた」

と、智春は言った。「眠ってる?」

伸男はしばらく答えなかった。

暗い寝室の中で、智春がそんなことを訊くのは妙だった。

伸男は寝つきが良くて、たいていは十分としない内に眠り込んでしまうのだから。

智春は、チラッと時計に目をやって、もう夜中の二時近いと分ると、そのまま目をつぶって眠ろうとした。

すると、

「――どうかしたのか」

と、伸男が言ったのである。

「あなた。起きちゃったの?」

と、智春は面食らって、「ごめんなさい」

「いいんだ」

伸男の声は、眠っていて目を覚ましたという風ではなかった。起きていたのだ。

「ごめんなさい」

「いや……。何か話があるのか?」

夫が、こんな風に起きていること。それは、おそらく智春の不安が当っていることを示していた。

智春は自分のベッドで夫の方へ寝返りを打つと、

「今夜……奈良さんから聞いたの」

と、言った。「あなた……」

「噂か。お前と、何とかいうエアロビの教師の」

智春は、息苦しいような気持だった。

「知ってたのね」

「うん。ニューヨークから帰った晩に、バスの中でどこかの奥さんたちがしゃべってた」

「まあ」

智春は頭を枕から上げた。「そんなに早く?」

「うん。――しかし、お前に訊くのも馬鹿らしいしな」

と、伸男は笑った。「気にするな。人の噂も七十五日だ。みんなその内忘れる」

「でも……。心配なの。もし、有貴の耳にでも入ったら」

「有貴か」

伸男は、初めて思い付いた様子で、「それは考えなかった」

「ちょうど難しい年ごろでしょ。もし、ご近所で何か聞いて来たら――」

「大丈夫だろう。この社宅の中には学校の友だちもいないし」

「それはそうだけど……。ね、引越さない?」

伸男は起き上った。手を伸して、二つのベッドの間のナイトテーブルを探《さぐ》ると、小さな明りを点けた。

「引越す?」

「だって――いずれ、この社宅から出ることになるでしょう? だったら……少し早めてもいいんじゃない?」

「まあ、それは……。しかし、そうすぐに引越し先が見付かるか?」

「こんな時期よ。マンションくらいなら、いくらでも」

「うん……。しかし、親父がどう言うかな」

「それよ」

智春も体を起して、「今なら、お義父様もきっと許して下さるわ。美幸ちゃんのことがあるもの」

「――なるほど」

伸男は、ゆっくりと肯いた。「それもそうだ。幼稚園捜しをこっちにやらせてるんだからな」

「その代り、っていうわけじゃないけど……。本当に、変な噂が広まって、有貴の耳に入ったり、お宅の方へも……」

「うちへ？　それは大丈夫だろう」

「分らないわ。社宅なのよ。奥さんたちの話は、当然ご主人たちの耳に入るわ」

「そうか。みんなうちの社員だからな」

「ね？　今、引越してしまえば……」

「だけど、何だか逃げるみたいじゃないか？　やっぱり噂は本当だった、と認めてるように受け取られるかもしれない」

「他人がどう思っても構わないわ。ただ、ありもしないことを、有貴が聞かされて傷つくのが心配」

「うん……。それはそうだな」

「だから、どこかいい所を捜して、早々に越しましょう。とりあえず、賃貸を借りればいいわ」

「分った」

と、伸男は肯いて、「捜してみよう。親父にも話して」

「でも、噂のことは黙っててね」

と、智春は急いで言った。「有貴のためにもう少し広い所がほしい、って、そうお話しして」

「分ってる。うまく言うさ」

伸男はウーンと伸びをして、「――すっかり目が冴《さ》えてるな」

「明日、眠くなるわね」

「いいさ」

伸男は、スルッと自分のベッドから出ると、智春の方へ滑り込んだ。

「あなた……。寝坊するわよ」

伸男の手が、ネグリジェの下へ入って来る。智春は、自分から夫の背中へ手を回した。

「智春……。お前には僕がぴったりだ」

伸男がそう言って、智春の胸をはだけると、顔を埋めた。智春が低く声を洩《も》らして、夫の重みを受け止める。

有貴は、足音をたてないように用心しながら、両親の寝室のドアを離れた。

そっと自分の部屋へ戻り、ベッドへ潜り込む。

――喉がかわいて、冷たいお茶を一口飲んで来たのだった。

戻るとき、父と母の話し声が聞こえて来て、自分の名前が耳に入ったので、つい聞いてしまったのである。

有貴は、枕に頭をギュッと埋めて、目をつぶっていたが、眠気はどこかへ飛んで行ってしまっていた。

お母さんは――本当に、水島というコーチと何もなかったのだろうか？

でも、なかったのなら、なぜ水島がああして電話して来るのだろう。しかも、水島は有貴を母と間違えて、「申しわけない」と詫びている。

何もなかったのなら、どうして詫びたりするだろう。

分らない。――分らなかった。

万一、母と水島の間に「何か」あったとしたら……。母は、素知らぬ顔で父と「あんなこと」をしていられるだろうか？

いや、有貴だって子供じゃない。TVのドラマなんかで、年中浮気だの不倫だのとやってることは知っている。

けれど、自分の母が、そんなことをして平気でいられるとは――しかも、何くわぬ顔で夫と……。そんなことは、信じたくなかった！

母の声が聞こえてくるような気がして、有貴は毛布を頭からかぶって身を縮めた。

――智春は、あまり音をたてないように手早くシャワーを浴びて、すぐに出ると、バスタオルで体を拭いた。

寝室に戻ると、夫はもう自分のベッドで寝息を立てている。

起すこともないだろう、と智春は思った。ベッドに入ると、深く息をつく。

夫との間にあった「見えない壁」のようなものが、一気に消えてしまったようで、すっかり心は軽くなった。

この社宅を出て行くこと。それも、一日も早く。

それしか方法はない。

噂と、水島と。――その両方から逃げるためには、引越すしかないのだ。

急な思い付きだったが、夫も納得してくれたし、義父も、だめとは言うまい。内山美幸のこともあるし、有貴のため、と言えば弱い。

そう。——これが一番いい方法だ。

これできっと、何もかもうまく行くだろう。

もちろん、他にも、父の仕事のこと、良二と田所弥生のこと、弟の浩士のことなど、いくらも考えなくてはならない問題はあった。

けれども——今は一番差し迫った問題がうまく片付きそうだということ、それだけを考えていたかったのだ。

今夜だけでも……。そう、今夜はせめて、ゆっくり眠りたい。

智春は、ほどなく、穏やかな眠りに落ちて行った。

「田辺聡子です」

と、その女は言った。「浩士さんのお姉様ですね」

「はい」

と、智春は肯いた。

「急にお呼びたてして、申しわけありません」

その女は先日、浩士の会社のエレベーターで見かけた、あの怒った表情のときとは別人のように見えた。

「いえ……。弟のことで、何か?」

ホテルの喫茶室。

人は決して少なくないが、一つ一つのテーブルが離れているので、話をするのには気楽だった。

いや、もちろん呼び出された智春の方は「気楽」どころではない。――母から電話があって、

「あの女が会いたいって言って来てるのよ」

と、泣き出しそうな声で訴えられたのでは、

「私が代りに行くわ」

と言わざるを得ない。

本当は色々片付けなくてはならないこともあったのだが、放り出して出かけて来た。

「私、コーヒーを」

と、注文して、やっと落ちつく。「私……母と弟から何も聞いていません。よろしかったら、どういう事情だったのか、聞かせて下さい」

「そうですか。——言いにくかったんでしょうね、きっと」

と、田辺聡子は肯いた。

今、二十八歳だということだが、智春の目にも田辺聡子はなかなか魅力的な女性と映った。

いかにもしっかりしていて、仕事をきちんとこなす女性という印象。浩士のような、少し甘えたタイプの男には、こういう女性がうまく合いそうにも思える。

目立つというわけではないが、それは化粧が薄いせいもあるだろう。身ぎれいにすれば充分に人目をひく女性である。

「お断りしておきますが」

と、彼女は言った。「私は、浩士さんを恨んではいません。いえ、今でも――たぶん、今でも好きなのです。本当に」

コーヒーが来た。智春は、ミルクやシュガーを入れるのが何となくはばかられて、ブラックのまま、一口飲んだ。

「でも……。もう少し浩士さんが誠意を見せて下さったら。私から逃げ回るようなことをしないでいてくれたら――」

と言いかけて、ちょっと息をつき、「すみません。何もご存知ないのに、これでは何のことか分りませんね」

「浩士とは結婚の約束を？」

と、智春は訊いた。

「はい」

と、しっかり肯いて、「私は――浩士さんと出会う前、婚約していたんです」

「まあ」

「親のすすめた縁談ですけど、悪い人でもなかったので、しばらくお付合いして、婚約しました。正式に結納も交わして、式の日取りも決めて……。そのころ、浩士さんと知り合ったんです」

「じゃあ……」

「浩士さんに、私は夢中になりました。恋っていうものを初めて知って……。婚約した相手の方には、本当に申しわけなかったんですが、結局、お断りしてしまいました」

「それは……大変でしたね」

家同士で決めた話を取り消すというのは、容易なことではあるまい。

「父は、向うのお宅へ伺って平謝りで……。仕事の上で、何かとお世話になっていた方でしたので、そのしこりは父の仕事にも響きました。——父は、会社の上司に呼び出されて散々いやみを言われ、部長になる話も、決りかけていたのに、立ち消えになりました」

「そうですか……。浩士がお宅へ伺って話したのですか」

「ええ。浩士さんと私で、両親の前に手をついて頼んだんです。父は、自分の立場よりも娘の幸福、と思って、許してくれました」

と、田辺聡子は言った。「この騒ぎで、父はめっきり髪が白くなり、母も一時は床についてしまいました。心労のせいです」

「分ります」

「それを……なかったことにしてくれ、と言われても、私は納得できません。いえ——私はともかく、父や母があんまり可哀そうです」

智春は息をついて、

「私も母も——浩士とあなたのことを、全く知りませんでした。本当に浩士があなたと結婚するつもりでいたのなら、どうして言わなかったのかしら」

「言えなかったんでしょう」

「どうして?」

それには答えず、田辺聡子は、もうずいぶん氷のとけてしまったジュースを飲んで、

「——何だかおかしいと思ったのは、その騒ぎのすぐ後です。ともかく望みが叶《かな》って、私は有頂天になっていました。二人で、週末を一緒に過そうということになって……。浩士さんが車を借りて二人で遠出をしました。湖のそばのホテルで食事をし、その夜は泊ることにしていて……」

と、少し伏目がちに、「それまで、私は浩士さんと何も、ありませんでした。信じて下さるでしょうか」

「ええ」

「でも、その夜は自分でも決心がついていました。あれだけの困難をのり越えて、やっと好きな人と一緒になれる、と思うと……その夜には浩士さんのものになっていい、と思いました」

少し間があって、田辺聡子は一瞬、その夜の甘美な思い出に酔ってでもいるかのようだったが……。

やがて、ホッとため息が洩れ、

「――その夜、私と浩士さんはそのホテルに泊りました。でも……結局、私と浩士さんの間には何もなく終ったんです」

「というと……」

「浩士さんは、私を女にはできなかった――。いえ、一晩のことです。少しワインを飲み過ぎたのか、却って緊張が過ぎてだめだったのかと、大して気にはしませんでした。ともかく一夜を共にして、一つのベッドの中で朝を迎えた。それだけでも満足でした」

田辺聡子の顔にかげが見えた。「ところが――」

智春は、身じろぎもせずに聞いていた。

どんな話になるのか、見当もつかない。

「ところが、その後、浩士さんは何となく私を避けている様子で、特に夜には二人にならないようにしていました。――私は、気にはなりましたが、心配するほどのことはないのだと自分へ言い聞かせて……。でも、ある日、浩士さんと会う約束だったのに、『急な仕事で』と電話が会社へ入りました。仕事ではしょうがありませんから、私は一人で映画を見て、町をぶらついていました。そのとき――浩士さんが一人で急いで歩いて行くのを見たんです」

「浩士が……どこへ行ったんです？」

「私、ついて行きました。尾行、というほどでもなく、一本裏道へ入って、浩士さんは並んでいるホテルの一つへと入って行きました」

智春は、息をつめて聞いていた。

「私、もちろんショックでした。でも、あの人がもともと女性にもてることは知っていましたから、なかなか関係が切れないのかと思って……。ホテルの前で待っていました。浩士さんが女と出て来たら、正面切って、私の婚約者だと、女に向って言ってやろうと思って」

「——それで」

「二時間たって、浩士さんは出て来ました」

と、田辺聡子は言った。「でも、女と一緒じゃありませんでした。二十歳《はたち》そこそこの男の子と一緒だったんです」

その男は、腕時計を見ながら、落ちつかない様子で立っていた。

「——水島さんですね」

と、有貴は言った。

「え？」

駅前は、人があわただしく行き来している。

「君は？」

「沢柳智春の娘です」

と、有貴は言った。「伝言したの、私です」

「君が？」

「ええ、ちょっとお話ししたくて」

中学生の女の子にしてはしっかりしたものの言い方に、水島は少々押された感じで、

「話って――」

「そこで」

と、有貴は先に立って歩いて行った。

駅のロータリーの隅に、小さな公園がある。

そこのベンチにかけると、

「お母さんと、いつか間違えたでしょ」

「ああ。――君の声は似てるんだな、お母さんに」

と、水島は言った。「それで……」

「今、うちに妙な手紙が来てるんです」

「手紙？」

水島はドキッとした様子で、「どんな手紙が？」

「お母さんと――水島さんのことです」

と、有貴は言った。

「そう……。そうか。読んだんだね、君も？」

「ええ。──というか、お母さんには見せてません。でも、知ってるようです」

「そう」

と、水島は肯いて、「君も心配かもしれないけどね、子供は大人のことに口を出すもんじゃない。そんなものは、お母さんに渡して忘れるんだ。いいね？」

有貴は、真直ぐに水島を見て、

「私、知りたいんです」

と言った。

「知りたいって……。何を？」

「お母さん、本当にあなたと浮気したんですか」

水島は、度肝を抜かれたように絶句した。

「君……。子供が何てことを！」

「子供だって、分ります。お母さんは、本当に──」

「やめるんだ！」

と、水島は怒鳴って立ち上ると、「──いいか、もう二度と、こんな真似《まね》をするんじゃない！　大人は大人で、忙しいんだ。子供の相手なんかしてる暇はないんだ」

水島は何か言いたそうにしていたが、そのまま大股に歩いて行ってしまった。

有貴は、大きく息を吐いた。

汗が出ている。――何といっても、大人と対等に話をしようとしたのだ。

しかし、今の水島の対応。それに、母の名で先方にことづけたら、ああして水島がやって来たこと。

どう考えても、母と水島の間に何かがあったのは間違いない。

確かに……。中学生がそんなことを心配してどうなるものでもないかもしれないが、しかし、知ってしまったものを忘れることはできない。

有貴は、重苦しい気持で立ち上ると、ゆっくり公園を出て、バス停の方へ歩いて行った。

「有貴ちゃん。――有貴ちゃんじゃないか」

と呼ばれて振り向くと、

「あ……。お兄ちゃん」

浩士が立っていたのである。

「どうした。今、帰り？」

「うん。――お兄ちゃんは？」

「これから、有貴ちゃんの所へ行こうとしてた。姉さん、いるかな」

「さあ……」

と、首を振る。

「じゃ、タクシーで行こう」

「うん」

と、有貴はニッコリと笑って肯いた。

タクシーが走り出すと、

「大きくなったなあ、有貴ちゃん」

と、浩士は言った。

「もう十三だもん」

「十三か……。この間まで幼稚園だったのに」

「お兄ちゃんは、いくつ？」

「三十さ」

「三十か……。お嫁さん、もらわないの」

有貴の言葉に浩士は一瞬詰まって、

「――その内にね」

と、ポツリと言った。

急病

電話。――そう、電話しなくちゃ。

智春は、忘れてはいなかった。夫へ電話して、伝えておかなくてはならないことがあるということを。

今、五時になるところだ。

ここはどこだろう？　――周囲を見回して、智春はいつもおかずなどを買って帰るデパートの地階食品売場にいる自分に気付いた。習慣というのは恐ろしいものだ。

そう。有貴も待っている。ともかく何か食べるものを買って帰らなくては……。

立ち上って、もう一度思い出した。夫へ電話しなくては。

公衆電話は、しかしどれも待つ人の列ができていた。一階へ上り、二階まで上って、やっと空いた電話を見付ける。

会社へ電話して、夫を呼んでもらったが、

「今、来客中で」

という返事だ。「ご用でしたら――」

「いえ、それじゃまたかけます」

と、智春は言って切ると、今度は自宅へかけた。

有貴は帰っているだろうか。

「——はい、沢柳です」

「有貴、お母さんよ。これから帰るから。食べるものを買って帰るからね」

「ああ。でも、お寿司でも取れば？　お兄ちゃん、来てるし」

有貴が誰のことを言っているのか、分るのに少しかかった。

「——浩士が来てるの？」

「うん。駅んとこで会ってね、タクシーに乗って来ちゃった」

「そう……。いいわ、それじゃ、何か取って食べてて」

「お母さんは？」

「何か買って行くからいいわ」

智春は、電話を切って、ゆっくりと階段を下りて行った。

浩士……。何の話に来たのだろうか。

いずれにしても、有貴のいる前では話せない。有貴は浩士になついている。

いくら有貴が現代っ子で、大方のことにはショックを受けないとはいっても、ずっと子供のころから知っていた浩士が同性にしか興味の持てない男だと聞いたら……。

いや、智春にしても、世間に同性愛の実例がいくらもあって、今は社会的に認められる存在になって来たことは知っている。弟だからといって、そこまで自分が口を挟むべきではないだろう。

だが——ショックを受けていたことは、否定できない。「現象」として知ってはいても、現に自分自身の弟が、となると——全く話は別だ。

それに、田辺聡子に対しては、やはりひどい仕打をしたことになり、弁解の余地はない。浩士が女性を愛そうと努力していたとしても、それだけで田辺聡子やその両親を説得することはできっこない。

——夫に何と言おう？

ため息をついて、智春は足を止めた。

夫へ電話しなくては。けれども、今の智春には、たったそれだけの元気も残っていなかった……。

「——いや、連絡が悪くて申しわけありません」

と、沢柳伸男は頭を下げた。「今度、当人ともども、きちんと先生にご挨拶に伺いますので」

「そうなさって下さい。しかし、くれぐれもお忘れなく。こちらとしては、ご紹介以上のことはできませんので、万一だめなときでも――」

「よく承知しております。無理を申し上げてすみませんでした」

仲男は何度も頭を下げた。

その国会議員の秘書は、腕時計をチラッと見ると、

「では、次の予定がありますので、これで」

と、立ち上った。

「明日にでも、ご連絡をさし上げます」

仲男は、会社の応接室のドアを開けた。

エレベーターまで送って、また何度も礼を言って――。

「やれやれ……」

と、息をついていると、

「坊っちゃん。何をため息ついてるの?」

振り向くと、本間邦子である。

「何だ、もう帰るの?」

「五時過ぎですよ」

「そうか。気が付かなかった」

「今の人、どこの人ですか? 議員秘書ってタイプですね」

本間邦子の言葉に、伸男は笑って、

「ピタリ！　議員先生の秘書さ」

「へえ。何の用で？　ワイロでも受け取りに？」

「例の――幼稚園のことでね」

と、少し小声になる。

「ああ。コネがあったんですか？」

「大してあてにゃできない」

と、伸男は首を振った。「親父も困ったもんだ。ああいうとき、出て来て一言礼を言ってくれるといいのに。どこかへ行っちまっていないんだ」

「社長さんが？」

「もっとも、女房が連絡して来ることになってたらしいのに、何も言って来なかったんだよ。突然来られて、こっちもびっくりさ」

「変だわ。――社長さん、おられるはずですよ」

と、邦子は言った。「三十分くらい前、社長室へ入って行かれるの、見ましたもの」

「へえ。じゃ、たまたまいなかったのかな？　僕が社長室を覗いたときは席にいなかったぜ。――見て来よう」

「私も一緒に行きます」

と、邦子がついて来る。

「どうして？　急ぐんじゃないのか」

「待つ男がいないことくらい、知ってるでしょう？」

と、邦子は言って笑った。「奥様も、珍しいですね。そういうこと、お忘れにならない方ですものね」

伸男は、邦子がそんなことまで憶えているのにびっくりした。

「まあね。しかし、このところ、頭の痛いことが多いみたいでね」

「何かあったんですか？」

伸男は、ちょっとためらった。もちろん、あんな噂のことまで邦子に話すわけにはいかない。

「ま、実家の親のこととか、色々ね」

と、言葉を濁した。

「大変ですよね。みんな、血のつながった人間を大勢抱えてるんですもの」

邦子の言い方が、いつになく沈んだ感じだったので、伸男は戸惑った。

だが、二人はもう社長室の前に来ていた。

伸男はドアをノックしたが、返事はなかった。

「――な、いないだろ？」

と、ドアを開けて、「どこへ行っちまったのかな」

席に、沢柳徹男の姿はなかった。伸男がドアを閉めようとすると、

「待って！」

と、邦子が鋭く言った。

「え？」

「何か……今、チラッと見えたんです」

「見えた、って？」

「机の所……。向う側から――」

中をもう一度覗いて、伸男は父の大きな机のわきから、足の先が見えているのに、初めて気付いた。

「大変だ！」

伸男は、一瞬、棒立ちになった。

邦子が一足先に駆け出して行く。

「――社長さん！　倒れておられます」

伸男は、あわてて駆けつけた。同時に邦子が机の電話に飛びついて、一一九番へかける。

「――もしもし！　救急車を！」

邦子の声も、さすがに上ずっていた。

「お兄ちゃん」

と、有貴はTVをリモコンで消して、「何か用事で来たんでしょ、母さんに？」

「まあね」

浩士は、出前のにぎり寿司を食べ終って、お茶を飲もうとした。

「あ、空でしょ？　いれてあげる」

と、有貴が立って、台所へ行く。

「悪いね。——有貴ちゃんも、段々大人になるなあ」

「でも……十三って、子供よね、まだ」

「うん。——ありがとう」

と、お茶をもらって、「すぐ帰って来るって言ってたかい？」

「ええ。もう帰ると思う」

と、有貴は言って、「ここんとこ、帰りが遅いの」

「姉さんの？　——ま、大人は色んな用事があるもんさ」

「用事……ね」

と、呟くように、「子供にだって、用事くらい、ある」

浩士は、有貴の表情に気付いて、

「どうかしたのかい、有貴ちゃん」

と訊いた。

「うん……。いやだな、大人って」

有貴は、スリッパで床をパタパタと叩いた。「嘘つくのも、大人なら構わないのね」

「何ごとだい？　話してごらん。——姉さんには絶対に言わないから」

有貴は、チラッと浩士を見て、あまり迷うことなく、自分の部屋からあの「手紙」を取って来た。

そして、それを黙って浩士に差し出す。

浩士はそれを読んで、

「水島って……何のコーチ？」

「エアロビの。今はもう別の教室へ行ってるの」

「しかし……。これを姉さんは？」

「見せてないわ。でも、本当なの、そのことは」

と、有貴はソファに座って言った。

「どうして分る？」

「水島って人に会ったの、今日」

浩士は目を丸くした。有貴の話を聞くと、

「危いな。いけないよ、そんなことしちゃ」

と、首を振った。

「危い、って？」

「もし本当に、その水島と姉さんとの間で何かあったとして、世間の人に知られたくないと思ってるだろう。有貴ちゃんが、あまり問い詰めるような言い方をすると、気の小さな男だったら、力ずくで有貴ちゃんを黙らせようとするかもしれない。小心な男ってのは、追い詰められると何をするか分らないんだ」

有貴は、真剣に肯いて、

「そんなこと、考えもしなかった」

と言った。

「いいね、二度とそんなことをしちゃいけない。僕にこの手紙、預けてくれないか」

「うん、いいよ」

浩士は上着の内ポケットに手紙をしまい込むと、

「もし、また水島という男から何か言って来たりしたら、僕に知らせてくれ。いいね？」

「うん」

「約束だよ。決して君一人で、そいつに会ったりしちゃいけない」

「分った」

有貴も、浩士にそこまで言われて初めて怖くなった。そのとき、玄関の方で音がして、

「ただいま」

と、智春の声がした。

「今の話、お母さんに内緒ね」

と、有貴は急いで念を押していた。

「分ってる」

智春が居間へ顔を出すと、

「何か食べた？」

「うん、お寿司」

「浩士、あんたも？」

「ああ、食べ終ったとこさ」

「じゃ……。ちょっと着かえてくるわ」

有貴は、母が行ってしまうと、

「お母さん……。何だか、疲れてるみたい」

「有貴ちゃん。ちょっと君、部屋へ行っててくれないか」

「え？」

「姉さんと二人で話したいことがあるんだ。いいだろう？」

やさしい口調だが、深刻なものを有貴は感じて、立ち上った。
そのとき、電話が鳴り出したのである。

夜の病院

誰かが倒れるということ。

それは、日常生活の中に、突然ＴＶドラマの世界が飛び込んで来たのにも似ている。

事実に違いないと分っているのに、「本当だろうか」と半分は疑ってみたりする。もちろん、誰だってそんなことで冗談など言うはずもないのに。

「――有貴、それじゃ頼むわね」

と、智春は言って、「あなた」

「うん、行くか」

夫の伸男が玄関へ出て来た。「車のガソリン、入れといて良かった」

「私、行かなくていいの？」

と、有貴は訊いた。

「まあ、そう切羽詰った状態じゃないし――」

と、伸男が言いかけたが、智春はふと、有貴が不服なのだと気付いた。

もう十三歳。子供ではないのだ。祖父が倒れて、どうなるか分らないというときに、

「あんたは来なくていい」

と言われて不満だったのだろう。

「いいわ。それじゃ、あなたもいらっしゃい」

と、智春は言った。「その格好でいいからね」

有貴の顔がパッと明るくなった。

「うん！　待ってて！」

と、奥へ駆けて行く。

「おい……。明日、学校が――」

「あの子も、もう小さな子供じゃないわ。連れて行った方がいいわよ」

そう言われて、伸男もやっと分ったらしく、

「そうか。――そうだな」

と肯いた。「つい、急ぐことばっかり考えちまう」

伸男は、父、沢柳徹男が会社で倒れているのを見付けて、もちろん救急車でかかりつけの病院へ運び込んだ。それから一旦自宅へ帰って来て、智春を連れて病院へ行こうとしていたのである。

「――大変ね」

と、玄関に立って有貴の来るのを待ちながら、智春は言った。

「ああ……。前から色々気を付けろと言われてたのにな。ああいう性格だ。何を言っても、聞きやしないんだから」

智春は黙っていた。

智春が「大変だ」と言ったのは、病状そのものよりは、むしろ義父が倒れたことで、周囲が変るか、ということの方を指していたのである。

「あなた」

と、智春は小声で、「今日、浩士が来てたのよ、ちょうど」

「ああ。――何かもめてたんだっけ？　そのことで？」

「たぶん。でも、あの電話で、それどころじゃないってことで、帰ったんだけど」

「そうか。何か具体的なことを話したのかい？」

「私、今日――」

と言いかけて、「あとで、また」

有貴が来たので、言葉を切る。

「じゃ、行こう」

と、伸男が促して、玄関のドアを開けた。

三人が外へ出て、伸男が回しておいた車へと急ぐと、

「沢柳！」

と、足音がして、奈良がやって来た。

「やあ」

「聞いた。大変だな」

と、奈良は少し息を弾《はず》ませている。「今日、午前中外出してそのまま帰ったんで、さっき電話で聞いたばかりなんだ。――奥さん、どうも」

智春が黙って頭を下げる。

「奈良、すまんがこれから病院へ行くんだ」

「うん、分ってる。ただ、びっくりして――。大したことないといいな」

「ありがとう」

三人は車へ乗り込んだ。もちろん伸男が運転するので、智春は助手席に座った。有貴は一人で後ろの座席に座る。

車が走り出して、奈良がそれを見送っていたが……。

「――お母さん」

と、有貴は言った。「今、少し離れて立っていた人、奥さん？」

「え？」

智春は振り向いて、奈良が妻の敏子と話しているのをチラッと目にとめた。「――ああ、敏子さんもいたのね。気が付かなかったわ」

「奈良さんっていうの、あの人？」

「そうよ。奥さんは、前にエアロビで一緒だったの」

エアロビ、という言葉を聞いて、有貴はちょっと表情をこわばらせたが、智春は全く気付かなかった。

「それがどうかした？」

「ううん。──何でもない」

と、有貴は首を振った。

「──そうだ」

と、伸男が運転しながら、「良二の奴、どうしたら連絡できるかな」

「ああ……。良二さんね」

有貴は、父と母が別の話を始めてくれたのでホッとした。

──奈良敏子か。

いつか、玄関のドアから手紙を入れようとしていたのが、あの女だったのである。

有貴は、その名前をしっかりと頭に入れておいた。

車が病院の玄関へつくと、若い背広姿の男が駆けて来た。

「──やあ、誰か来てる？」

と、伸男が窓から声をかけると、

「あ、どうも。先ほど奥様が」

「お袋が？　そうか。車は？」

「グルッと回られると、車が何台か停っていますから」

「分った。家内たちはここで降りた方がいいかい？」

「いえ、そっちに案内が立っています」

「そうか。ありがとう」

伸男は、車を進ませた。

智春は、緊張した。——夫は、「父の病気を心配する息子」であればいい。しかし智春はそうはいかない。

義父に万一のことがあれば、夫が後を継ぐ。智春はその妻なのである。

もちろん、義父が無事にいてほしいとは思っている。しかし、智春は心配したり悲しんだりしていられる立場ではないのだ。

「——有貴、ついて来てね」

「うん」

有貴も、普通でない雰囲気を肌で感じて、緊張した。

車を降りた三人は、若い社員に案内されて、〈特別病棟〉へと入って行った。

病状などは訊かない。ちゃんと医師が話してくれるだろう。

特別病棟というのは、いわば病院の「高級ホテル版」のようなものだ。中もあまり病院らしくない。

ソファを置いた一画は、まるでサロンのようで、そこに十人近い人間が集まっていた。

「──伸男」

と、母、ちか子が立ち上って、「何してたの、皆さん、お待ちよ」

「遠いんだよ、母さん」

と、伸男は言った。「有貴も来たいと言うから、連れて来た」

「そう」

有貴の顔を見て、ちか子の表情が少し和んだ。思いがけないところで、有貴は役に立ったようだ。

「お義父様、いかがですか」

と、智春が言った。

「今、先生がみえるわ」

と、ちか子は言った。

他に、社の重役たちが集まっている。

「良二は？」

と、伸男が訊いた。

「連絡のつけようがないのよ。困ったもんだわ」

と、ちか子が苛立《いらだ》つように言った。

看護婦がやって来て、

「恐れ入りますが、あと十五分ほどお待ち下さい」

と言った。

少し緊張が緩んだ。

「有貴ちゃん。何か飲まない？」

と、ちか子は言って、「この子にジュースでも」

と、誰に言うでもなく言った。

「はい」

若い社員がすぐに行きかける。

「私――」

有貴が、チラッと母を見る。

智春は、有貴が何もほしくないのだと分った。しかし、今はちか子のしたいようにさせた方がいい。

智春が小さく肯いて見せると、有貴もその意味を察して、

「私、コーラがいい」

と言った。

「はい！」

若い社員が足早に買いに行く。智春は、有貴も大人になったのだ、と思った。

「さ、座って」

ちか子が有貴をソファへかけさせると、重役たちが一斉に立ち上った。

「さ、奥さん、どうぞ」

と、智春に言ってくれる者もある。

「いえ、私は……。あなた」

と、智春は夫を手招きすると、「ちょっと来て」

ちか子は有貴と学校のことを話している。

「何だ？」

と、伸男は言った。

「良二さんのことだけど……。私、知ってるの、住んでる所」

「何だって？」

「しっ」

と、小声で、「この間、バッタリ会って、連絡先を聞いておいたの。――どうしたらいい？」

「うん……。そうか」

伸男も、良二が智春とは何となく気が合うことを知っている。

「知ってて黙ってたって、お義母様が気を悪くされるかしら」

「そうだな……。じゃ、親父の容態を聞いてからにしよう。もし一刻を争うようなら、呼ばないわけにいかない」

「そうね」

と肯いて、「それに――」

「うん？」

「いえ……。別に」

ちか子が、

「伸男、何してるの」

と手招きしている。

伸男が行ってしまうと、智春は静かな廊下に立って、暗い窓の外を眺めていた。

――いつか、このときが来る。それは智春にも分っていた。

しかし……。今、とんでもないときに来てしまったものだ。

あの噂。そしてコーチの水島のこと。実家の問題――父のこと、浩士のこと。良二と、田所弥生のこと。

色々な問題が、いくつも重なり合っている。

それだけではない。今、智春が言おうとしたのは、内山寿子のことである。

内山寿子は、知っているのだろうか？

この間、会ったときに、寿子は徹男の健康状態を心配していた。その不安は、あまりに早く的中してしまったのだ。

誰も知らせていなければ、寿子はこのことを知りようがない。

もちろん、ここへ呼ぶことはできない。しかし、知らせてやるべきではないだろうか。

少し迷ってから、智春は夫の方へ歩いて行くと、

「学校のことで、電話しなきゃならないの。すぐ戻ります」

と、小声で言った。

急いでその場を離れる。——すぐ近くにも電話はあったが、ちか子の耳に入ると困る。

夜間専用の玄関近くまで戻って、電話を見付けた。

何度か呼出し音がくり返され、誰も出ない。諦めかけたとき、

「はい、内山です」

「あ、良かった。智春です」

「あ、ごめんなさい。今、美幸をお風呂に入れてて」

声の調子で、何も知らないのだと分る。

智春は、どう話したものか、ためらった。

「――何かご用？」

と、寿子が言った。

「ね、落ちついて聞いてね」

と、智春は小声で言った。

入院

「どうなるの?」

と、敏子は言った。

奈良は、風呂から上って、夕刊を見ていたが、

「何のことだ」

「決ってるじゃない。もし社長さんが亡くなったら——」

「そんなにひどいかどうか、分らないんだぞ。縁起でもない」

「だって、誰でも考えてるわよ。少なくともこの社宅の人たちは一人残らず」

敏子は、じっと夫を見つめている。奈良はその視線を感じていながら、目を合せようとはしなかった。

「そりゃ、万一のときは当然、伸男さんが継ぐさ」

「そう……。あの人がね」

「そんなこと、お前だって分ってるだろう」

「ええ。——それはいいの。あの人は息子さんなんだから」

「だったら、何が気に入らないんだ？」

「奥さんよ」

奈良は、初めて敏子を見て、

「奥さんがどうした」

と言った。

「そりゃ、智春さんも悪い人じゃないと思うわ。でもね、あんなスキャンダルを起して、何もなかったように社長夫人に納まるなんて、おかしいわ」

奈良は新聞をたたんで、

「お前こそどうかしてるぞ。大体あの噂だって、本当のことかどうか、誰も知らない。それに、今さら智春さんが伸男さんの奥さんだからって、こっちが文句をつける筋合のもんじゃないだろ」

「浮気したのよ。決ってる。私は見てるんだもの。あの集会所から出て来たところを」

「そう思いたきゃ思うんだな。こっちがどう思ったって、向うには関係ないさ」

と、奈良は伸びをした。

「そうかしら」

敏子の言い方は、どこか引っかかるものがあった。

「——何が言いたいんだ」

「あなた、あの人に気があるのね」

「馬鹿言え」

と、ため息をついた。「それこそ、社長夫人になる人なんだぞ。俺がちょっかいなんか出せるもんか」

正直、奈良の胸中も複雑である。

同期の「沢柳」を、今「伸男さん」と呼んでいるのでも分るように、もうこれからは気楽に話のできる相手ではなくなる。そのこと自体は仕方ない。サラリーマンである以上、肩書がすべてだ。

しかし、智春のことは――敏子が気付いている通り、奈良も心穏やかではいられない。

「社長夫人」になってしまえば、もうこの社宅にはいないだろうし、会うこともなくなる。その考えは、想像以上に奈良にとってショックだった。

「でも、どうなるか分らないわよ」

と、敏子が言った。「智春さんの浮気が知れたら、ご主人だって怒るだろうし、ご実家の奥様だって――」

「敏子。それは……ちか子さんのことを言ってるのか。お前、何か言ったのか」

「いいえ」

敏子は立ち上って、「お風呂に入ってくるわ、私」

と、リビングを出ようとして、

「ねえ。初めての男に抱かれるって、どんな気分かしら」

「知るもんか」

敏子は、ちょっと笑い声を上げて出て行った。

奈良は、漠然とした不安を覚えた。敏子はどうしたんだ？　いつもとは別人のようだ。

何かあるんだ。――沢柳智春の浮気のことだけではない。何か隠している。

お風呂場から水音が聞こえてくる。――智春に忠告しておいた方がいい、と奈良は思った。


内山寿子への電話を終えて、智春は急いで夫たちのいる場所へと戻って行ったが、ちか子を初め、みんなが立ち上って固まっているのを見て、一瞬ドキッとした。

義父に何か？　――有貴が気付いて、智春を手招きする。

初老の医師が話をしているのだ。智春が急いで歩いて行くと、ちか子が厳しく咎《とが》めるような視線を向けた。

「お母さん、連絡がついたの、父母会のこと？」

有貴が小声で、しかし、ちか子に聞こえるように訊いた。智春は、有貴の気のつかいようが嬉しかった。

「何とかね」

と小さく肯いて見せる。

「――すると、当面、命の危険はないということですね」

と、伸男が医師に訊いている。

智春はそれを耳にしてホッと息をついた。

「それは大丈夫だと思います。しかし、今申し上げた通り、かなり重態だという点はお忘れにならないように」

初老の医師は、いかにも慣れた口調で言った。

「脳溢血《のういっけつ》は、むしろ後遺症の方が厄介です。言語障害や、記憶の欠如など、リハビリを気長にやるしかないものばかりですから」

重苦しい空気が一同を押し包んだ。

「そんなのんびりしたことは言っていられません」

と、ちか子が言った。「もちろん、患者については、先生にお任せします。どうかよろしく」

医師は頭を下げ、

「失礼します」

と言って立ち去った。

みんなが一様に息をついた。

「お母さん――」

と、伸男が言いかけるのを、ちか子は遮って、

「分ってるね。患者は気長に治すしかない。でも、会社はそうはいかないのよ」

と言った。

「うん。――分ってるよ」

「これからのことを相談しましょう。――伸男。智春さんと有貴ちゃんを家へ送って、それから私の所へおいで。大丈夫。寝ないで待ってるから」

伸男は、ちょっとためらったが、

「――分った」

と肯いて、「行こうか」

と、有貴の肩に手をかけた。

「有貴ちゃん」

ちか子が微笑んで、「心配しなくても大丈夫よ。おばあちゃんが、ちゃんと考えてあげるから」

有貴は何とも返事をしなかった。何と言っていいか分らなかったのである。

――智春と有貴が後ろの席に乗って、車は社宅へと戻って行った。

「眠ってもいいわよ」

と、智春が言ったが、

「眠くない」

と、有貴は首を振った。

「——悪いな」

と、運転しながら伸男が言った。「本当なら、君も一緒に話し合いに加わるべきだ」

「そんなことないわ」

と、智春は言った。「お義母様は、その気になれば私たちを会社の若い人に送らせて、あなたをすぐ連れて行くことだってできたわ。私に気をつかって下さってるのよ」

「そうか」

と、伸男は肯いた。「そうは考えなかったよ」

有貴は、父が母の言い方に感謝していることを察した。誰だって、自分の母親を悪く言われたくないだろう。言われても仕方ない点があったとしても。

有貴は、父と母の、そのやりとりを、喜んで聞いた。

「いずれにしても、たぶん僕が親父の代りをつとめることになるだろう」

と、伸男は言った。「あの社宅も、どうせ出ることになるな」

「そうね……」

智春の声が、ややくもった。「――あなた」

「何だ」

「ご実家に住まなきゃいけないかしら」

有貴には、母の気の重さが分った。あの祖母と毎日顔を合せると思うと、有貴も少々辛い。

「そうだな……」

「私、学校が凄く遠くなる」

と、有貴が言った。「マンションで一人暮ししようかな」

「馬鹿言え」

と、仲男が言った。「よし、お袋にそう言うよ。有貴のことを優先させよう」

有貴は、母と目を見交わした。――有貴がちょっとウインクして見せると、智春は声をたてずに笑った。

もちろん、有貴は母のためにああ言ったのだが、学校が遠くなるというのも事実だった。中学生はクラブ活動が一番大変なときなのである。「朝練」、つまり「早朝練習」のあるクラブでは、遠い家の子は朝の始発電車で来るくらいだ。

「そうだ」

と、仲男が言った。「良二に連絡しといてくれ。あいつも一応沢柳の人間だ」

「ええ。――それと、あなた。幼稚園のこと、どうする?」

「しまった!」

と、伸男は舌打ちした。「参ったな。ともかく差し当りは……。どうなるか、見当もつかんな」

「そうね」

――有貴は、父と母の話を漠然と理解していた。

祖父に若い女性がいて、小さな女の子がいるということは、有貴も知っていた。

そうか。その人と娘の二人は、どうなっちゃうんだろう。

有貴は、初めてそんな風に考えていた。


母親の不安を敏感に察していたのか、美幸はなかなか眠らなかった。

――やっと静かな寝息をたて始めたのは、もう真夜中。

寿子もぐったりと疲れてしまっていた。

智春からの知らせは、ショックではあったが、そう取り乱しはしなかった。

心の奥では、かなりの確率で予期していたようでもある。いつか起らねばならないことなら、今起っても同じだ。

居間のソファに身を沈めると、寿子は初めて沢柳の容態が心配になって来た。

もちろん、万一のときは自分と美幸が裸同然で放り出されることになるだろうと分っていたが、今はともかく沢柳の具合の方が気になる。

智春が、詳しいことをまた知らせてくれると言ってくれた。――智春の思いやりが、今の寿子には何より嬉しい。

寿子自身は、自分で職を見付けて働くことを、もとから望んでいたのだから、生活していくだけなら何とかなるだろう。――ちか子や、沢柳家の親戚たちとやり合ったりする気の重さを考えると、いっそ美幸と二人で新しい暮しを始めた方がいい。

そう思い定めると、少し気持が落ちついて、寿子は自分のためにコーヒーをいれた。

電話が鳴り出し、寿子は豆をミルへ入れる手を休め、急いで出た。

「――もしもし、内山です」

当然、智春からだと思った。しかし、聞えて来たのは意外な声だった。

「あなたね」

「――奥様。あの……」

ちか子の声は、寿子もすぐに分る。

「誰かから聞いた?」

「はい。――社長さんは、どんな具合でしょう?」

「脳溢血でね、今は意識がないわ」

と、ちか子は淡々と言った。「すぐ死ぬということはないようだけど、当分は入院ということになるでしょ」

「そうですか。でも——一命は取り止めて？　そうですか」

寿子はとりあえずホッとした。「あの——余計なことでしょうが、何かお手伝いできることが——」

「あなたに頼むことはないわ」

と、ちか子は言って、「話したいことがあるの。明日、うちへ来て」

寿子は、心臓をわしづかみされたような気がした。

お払い箱

「分ってるだろう」

と、校長は言った。「こういうのはね、困るんですよ。うちとしてはね」

「はあ」

水島としては、何とも言いようがなかった。

——言い逃れのしようがない。

「クビですんで良かったと思えよ」

と、仏頂面をした校長は肘《ひじ》かけ椅子にふんぞり返った。「本当なら警察もんだよ、こいつは」

しかし、向うだって——。と、水島は言おうと思えば言えた。

あの女は、いかにも誘うような目つきで、いつもこっちを見てたんです。しかも、自分から勝手に後に残ってグズグズしてて……。俺と二人きりになりたいんだ。そう思って当り前じゃないか。

「ともかくね、相手が四十やそこらの大人ならともかく、十八だよ、十八！——そんな娘にコーチが手を出したなんて。これが知れたら、生徒がパッタリ来なくなっちまう。うちが潰れたら、君のせいだよ」

校長はくどくどとしつこい。

何が「十八の娘」だ。散々遊び回ってるんだ。腰つきを見りゃ分る。あの誘うような腰つき、口もとに浮かぶ笑みだって、男をたっぷり知ってる女のもんだ。

「ともかく、君は事件のあった日の一週間前からいなかったことになってる。つまり、事件そのものもなかった、というわけだ」

校長はタバコに火を点けた。「被害者の家に行って、畳に頭をこすりつけて、三百万も払って……。全く！　二度と顔を出すなよ。それからこの業界で働くのは諦めろ。よそだって、君のことは知ってる」

水島は、少し青ざめた。――我慢だって限度ってもんがある。

「好きなように言って下さい。出てきゃいいんでしょ」

と立ち上って、椅子をガンと一つけりつけると、「頼まれたって、いてやるもんか！」

と、言い捨てて校長室を出た。

しかし、今の水島にできることといえば、校長室のドアをバタンと派手に音をたてて閉めることぐらいだったのである。

「水島さん」

と、事務の女の子が声をかけて来た。

「やあ、世話になったね。ちょっと都合で辞めることになって——」

と、笑顔を見せたが、

「私物は廊下に出してあります」

と、女の子は無表情に言った。「持って帰って下さいね」

水島の顔から笑みが消えた。

「分ったよ」

「何か残ってたら、捨てておきますから」

と言って、さっさと行ってしまう。

「——畜生！」

もちろん、みんな知っているのだ。水島が何をやったか。

高校三年生の女の子がクラスにいて、水島は目をひかれていた。

五日前の、その日の最後のレッスンに、学校帰りのその女の子が出ていた。そして、みんなが帰った後も、

「ちょっとめまいがして……」

とか言って、ロッカールームに残っていた……。

確かに、それを水島が「誘惑している」と取ったのが、間違いだったのかもしれないが、

しかし、女の子がそうひどく抵抗しなかったのも事実である。

もっとも、その女の子は、

「逆らえば殺されるかもしれないと思って」

と言っていたそうだが。

そして、たまたま鍵をかけるのを忘れたガードマンが二人を発見し、女の子は突然、

「助けて！」

と叫び出した……。

水島の方に言い分はあっても、通用しそうにないということは、自分でもよく分っていた。

ロッカーに入っていたシューズだのシャツだのが、古ぼけた紙の手さげ袋に押し込まれて、廊下に置いてあった。

水島は、手を出しかけて、持って帰ったところで、もう二度とエアロビのコーチなぞやるわけにいかないのだと思い当る。

「好きにしろ」

と呟くと、その袋をポンとけとばし、中身が廊下へぶちまけられるのを見て、ちょっと笑った。

水島は、スポーツスクールの建物を出た。受付の女の子たちも、水島が通るのに気付か

ないわけがないのに知らんぷりである。

昼下り――。水島は「ゼロ」になって表に出たのだった。

しかし、数歩と行かないうちに、水島は思いがけない人間と会うことになる。

「今日は、先生」

二度とそう呼ばれることはないと思っていた水島は一瞬戸惑ったが、

「やあ。――元気ですか？」

と、馬鹿みたいな笑いを浮かべて見せる。

誰だっけ？　いや、憶えてる。もちろん。しかし、名前が……。あの沢柳智春と同じクラスにいたのだ。何ていったか……。

「奈良です。色々お世話になって」

奈良！　そう、奈良敏子だ。

「いやいや。どうしたんです、こんな所に？」

「ちょっと――先生にご相談があって」

「僕に。何でしょうね。ま、立ち話も何ですから――」

「よろしければお昼でも。色々お世話になっておいて、お礼も申し上げなかったので気になっていたんです。お昼で失礼ですけど、ごちそうさせて下さい」

この奈良敏子の一言が、すっかり水島を上機嫌にさせた。

正直、彼女に昼をおごるほどの金も財布には入っていなかったのである。

「いや、そりゃ申しわけないな」

「もう、お昼はすまされたんですの？」

「いや、まだです」

「じゃ、ぜひ」

と、敏子は通りかかったタクシーを、「あ、ちょうど――」

と、手を上げて停め、

「どうぞ」

と、水島を先に乗せた。

どこへ行くつもりなんだ？　水島は少々いぶかしく思いながら、ともかく座席に腰を落ちつけたのだった。


「まあ、大変ね」

と言いながら、母の頭の中では色んな考えが飛び交っていることだろう。

智春は、ひとまずゆっくりとお茶を飲んで、

「どこに住むことになるか分らないの、まだ。有貴の学校のことがあるし」

「でも、智春、伸男さんが社長さんってことでしょ？　あんただって忙しくなるんじゃな

い？」

娘が「社長夫人」である。母としては、喜んでくれているのは当然だろう。しかし、義父が倒れての結果なのだ。表立って嬉しそうにするわけにはいかない。

「まだ、奥様がお元気だもの」

と、智春は言った。「私の出番なんて、そうないわよ」

「でも、何があっても恥ずかしくないようなものは用意しとかなきゃ」

実家へ寄っても、そう時間はない。この後、沢柳良二と会うことになっている。

夫が社長に就くことは、誰からも反対はなく、すんなりと決った。

義母のちか子が、どういう形で影響力を持ってくるか、それが気がかりではあったが、智春自身や娘には関係ないことと……。そう、自分へ言い聞かせている。

「それで、お母さん」

と、智春が言った。「浩士のことなんだけど……」

母、万里子は表情を暗くした。

「あの女と……話した？」

「ええ。あれが本当なら——嘘じゃないでしょうけど——浩士を訴えたい、っていうのも分るわ」

「そんな……。でたらめよ！　浩士がそんな……。あの子は、いつもあんなに女の子に人気があったのよ。それが――」

と、万里子は言いかけてハッとし、「お父さんだわ！　黙っててね」

「え？」

平日なのに。――父の姿が現われて、智春は面食らった。

「何だ、来てたのか」

父がブラッと入って来る。

「お父さん――」

「今日はお休みしたのよ」

と、万里子が少しあわてたように言った。

「あなた。何か食べますか？」

「うん……。そうだな」

ひげが大分のびている。――今日一日だけ、たまたま仕事を休んだというのではない。

智春には分った。

「すぐ仕度しますね」

と、万里子は立ち上って、「お父さん、お風呂にでも入ったら？　ひげそらないと。みっともないですよ」

「そうか？　――うちにいるんだ。構やせん」

と言いながら、父は気が変ったらしく、「じゃ、風呂に入るか。母さん、下着の替えを」

「ええ、出しときますから」

と、万里子は答えて、「――ごめんよ」と、智春の方へ小声で言った。

「会社、行ってないのね」

「しっ」

万里子は、風呂場の戸が音をたてるのを聞いて、ちょっと息をつくと、「この三日ね、何だか……様子がおかしいの」

「おかしい、って……」

「うん……。会社へ行くってことを忘れちゃってるみたいなの」

「お母さん――」

智春は青ざめた。

「大丈夫。まだぼけちゃいないわ。それ以外はちゃんとしてるの。本当よ」

「困るわよ。まだ六十一じゃないの、お父さん」

「何だか……仕事が面白くないんだろ。他に趣味のない人なんだし」

「そんな……」

智春としては、夫に頼んだ手前、父に「仕事が面白くない」と言われても困るのである。

「もう全然行かないつもりかしら」

「さあ……。夜でも話してみるけど。何だか怖くてね、話すのが」

と、万里子は台所の方へ行きかけて、「こんなときに、浩士のことなんか話せないだろ」

と、付け加えた。

智春は何とも言いようがなかった。


「――いや、おいしかった」

と、水島はいささか気がひけるほど食べてしまって、「申しわけないですね」

「いいえ、とんでもない」

奈良敏子は、ニッコリ笑って、「この後、何かご予定でも?」

「いや……。本当はね、レッスンが入ってたんですが」

わざとらしく手帳など取り出して、「大丈夫。しかし――奥さんはいいんですか?」

「ええ。夕方までに帰れば。子供もいないし、時間はあるんです」

水島はややいぶかしく思っていた。

ランチといっても何千円も取られる、一流ホテルのレストラン。

ただ前にコーチをしていたというだけで、どうしてこんな所へ招《よ》んでくれるのだろう。

「――ま、僕も時間ならありますが、どこかへ出るといっても……。どうするか、アイデアでも?」

「この先、少し行くと沢山ありますわ、ホテルが。こういうホテルじゃなくて、〈休憩〉のできるホテル」

奈良敏子が当り前のように言うので、水島は唖然とした。

「奥さん――」

「そこも私のおごりですから。水島さんはもてなされている気分になっていて下さいな」

水島は、水をガブ飲みした。――今度の事件で、女房は子供を連れて実家へ帰ってしまっていた。

もともと、水島の浮気ぐせに愛想を尽かしていたのだが。

「――私じゃおいや？」

と、敏子が訊く。「智春さんでないと？」

「いや、そんなことは」

と、水島はじっと敏子を見つめて言った。

「行きましょう」

「そうですか」

と、沢柳良二は、智春の話に肯いた。

「いや、全然知らなかった」

「呑気ねえ」

と、智春は苦笑した。「一度、お父様を見舞ってあげて。ね？」

「はあ……。でも、きっと親父は喜ばないと思うけど」

「そんなことないわ。息子のことですもの。気にかけてらっしゃるわよ」

明るい日射しがホテルのラウンジに射し込んでいたが、あと三十分もすれば日がかげり、空気も冷たくなるだろう。——このところ、一日ごとに秋が深まる気配だった。

「智春さんだって、少しは分ってるでしょ、親父のこと」

「え？」

「親父にとって、息子は『ちょっとよく知っている他人』です。育ててやったんだから、感謝しろ。何でも言うことを聞いて当り前だ。——そう思ってるんです。昔から。そして これからも変らないでしょう」

良二の口調は淡々としていた。――智春は何とも言いようがない。良二は、冷めたコーヒーを飲み干して、

「兄貴が社長か！　まあ、兄貴なら大丈夫。しっかりやりますよ」

「そう願いたいわ」

智春はアイスティーをゆっくりとストローでかき回しながら、「弥生さんはどう？」

「ええ、もう大分いいようです」

良二の表情が明るくなって、「何から何まで、智春さんのお世話になって」

「私は、自分からすすんでしたのよ。恩に感じたりしないで」

「そうはいきませんよ。彼女、世の中にはあんな人もいるんだ、って……きっと、智春さんの見せてくれた親切が、何より嬉しかったんでしょう」

田所弥生は、数日前に退院していた。休息と栄養が、弥生の体を充分回復させてはいたが、それでもまだ働きに出るのは医師から禁じられていたのである。

「どうするつもり？　弥生さんを、ずっとアパートに置いておくの？」

「そうですねえ……。行く所がないんじゃ、追い出すわけにもいかないし、しょうがないでしょう」

「でも……ご近所じゃ、あなたと弥生さんのことをどう見てる？　他人の目なんかどうでもいい、って言ってしまえば確かにそうだけど……」

良二は少し照れた様子で、

「僕って、すぐ誘惑に負けちゃう性質《たち》ですから。——でも、弥生との間は——今のところ——元職場仲間というだけですけど。まあ自然の成り行きで、どうなっても、とは思っています」

「気持は分るわ。でも、もしお父様や主人があなたと弥生さんのことを知ったら、大変でしょう。それが心配なの。もちろん弥生さんはいい人だし……。良二さんの気持にも嘘はないと思うわ。でも——」

「智春さんの心配してることは分りますよ」

と、良二は言った。「でも、大丈夫です。僕も同情を恋と取り違えたりしませんから。それに、弥生は当分男に惚《ほ》れる気になんかなれないと言ってます」

智春は、良二が意外に冷めた目で自分と弥生の間を見ているのを知って、ホッとした。

「分った。——もう何も言わないわ。でも、一度、お父様のお見舞いに行って」

「はい。智春さんのためなら」

「私のためじゃないわよ」

「あ、もちろん智春さんに聞いたとは言いませんよ」

と、良二は言った。「でも——どうするんですか？　お袋と一緒に住むんですか」

智春はちょっと詰って、

「それはまだはっきりしないの。有貴の学校のこともあるし……」

「それで何だか浮かない顔なんですね」

智春は、良二の言い方のやさしさに、フッと胸が熱くなった。

「色々とね……。頭の痛いことが沢山あるの」

と、呟くような言葉に、実感がこもっていたのだろう。

「僕でお役に立てることがあったら言って下さい」

と、良二は真剣な口調になった。

「ありがとう……。でも、自分のことだから――。自分自身の。それに、父や弟のこととかね。問題の起るときは一度に起るんだわ」

水島からはあれきり何も言って来ていないが、これですんだとは思えない。それに、父のことを、夫にどう話したものか。それから浩士のこと……。

考えただけで、智春は胃の辺りが痛んでくるのを感じた。

「何もかも一人でしょい込んじゃだめですよ」

と、良二が言った。「僕みたいに、逃げ出しちゃうのも良くないと思うけど……」

「ありがとう」

テーブルの上で、智春の手が良二の手を包み込むようにつかんだ。「――ありがとう」

――離れたテーブルで一人、コーヒーを飲んでいた男が、手の中におさまるほどの小型カメラのシャッターを切っていたことなど、智春は知るはずもなかった……。

「――それで？」

と、水島はベッドに起き上った。「何が狙いなんです？」

奈良敏子は、しばらく答えなかった。暗いホテルの天井をじっと見上げていた。

「狙い？　――そうね。仕返し、かしら」

「仕返し？」

「主人と……沢柳智春へのね」

水島は眉を寄せて、

「何のことです？」

「もう分ってるでしょ。私が知ってるってこと。あの晩、何があったか」

水島は、苦笑してタバコを取ると火を点けた。

「――まあね」

と、煙を吐き出し、「もともと、あの奥さんには目をつけてたから……。酔ってぐったりしてるのを見て、つい……。しかし、もうなびいちゃこないだろうな」

「それは無理よ。今度は社長夫人ですもの」

水島がびっくりして、

「社長夫人？」

「知らないの？」

敏子が事情を話してやると、

「そうか……。じゃ、ますます手は出せないかな」

と、水島は肩をすくめた。

敏子が小さく笑った。水島は戸惑って、

「何がおかしい？」

「何のためにあなたをここへ誘ったと思ってるの？」

水島は、敏子の顔を、まじまじと見つめると、タバコを灰皿へ押し潰して、

「何か企《たくら》んでるんだな」

「もちろん。――あの人を、そうすんなりと社長夫人の椅子におさまらせちゃたまらないわ。だからあなたの手を借りたいの」

「驚いたな。――じゃ、そのために寝たのか？」

「まあね。でも、興味があったのも事実。智春さんと、どうだった？」

水島は笑って、敏子の体を抱き寄せた。

「――主人がね、智春さんに気があるの」

「旦那が？　へえ。それで余計に頭に来てるわけだ」

「あの人なんかに未練ないわ。でも、よりによってあの取り澄した女に……。会社の若い子にでも手を出したっていうのなら、まだ許せるけど」

「分った。面白そうだ。手を貸すよ」

「もちろんよ。いやだ、なんて言わせない」

敏子は、水島を激しく抱きしめた。「それに、あなただって損はないわ。ちょっとしたお金が稼げるかもよ」

「おい……。待てよ」

水島は少し用心深い声になって、「脅しなんて、いやだぜ。まだ刑務所にゃ行きたくないからな」

「そんなこと言えた立場？」

敏子は笑って、「十八の女の子に暴行未遂、クビで、行くあてもないくせに」

水島は絶句した。――敏子の言う通りにするしかない。

しかし、とりあえず何をしていいか、途方に暮れていた水島にとって、悪い話ではなかった……。


「まあ、奥さん、今日は」

と、挨拶されて、智春は戸惑いながら、

「どうも……」

と、会釈を返した。

——誰だったかしら、今の人？

いくら考えても思い出せない。しかし、ここ数日、智春はこういう状況に慣れっこになっていたのである。

スーパーで買物していても、レジに並んでいる間に少なくとも三回は話しかけられる。時には、

「あ、どうぞお先に」

と、順番を譲られたりすることもあって、さすがに、それは辞退したのだった。

社宅の中を歩けば、あちこちで挨拶される。くたびれて、今日は少し遠いスーパーにわざわざ買物に行ったくらいである。

もっとも、良二と会って帰ってから出かけたので、大分遅くなった。夫が夕食を食べてくると言っていたのと、有貴もクラブの用で遅くなるということだったので、充分間に合うはずだ。

家に入って明りを点ける。

買って来た物を、冷蔵庫へしまい込んだりしていると、電話の鳴る音が聞こえた。

有貴だろうか？　急いで出てみると、

「あ、智春さんですか。寿子です」

「まあ。——ごめんなさい、その後連絡しなくて」

と、智春は言った。「色々用が重なって、つい……」

「とんでもない」

と、内山寿子は言った。「今日、見舞いに行って来ました。奥様が、そうしてやってくれとおっしゃったので」

「お義母様が？　そうですか。——良かったわ」

「ええ。思ったより元気で。——といっても話ができるというほどじゃありませんでしたけど」

「そう。——気長に治すしかないようね」

「ええ。それで……。そうそう、美幸の幼稚園のことなんです」

「そう。私も気になっていて。国会議員の方へ連絡しているんだけど、お忙しくて、なかなか捕まらないの」

「そのことなんです。実は——K幼稚園に入れていただけることになって」

智春はびっくりした。K幼稚園といえば、小規模であるが「名門」の一つだ。

「それはおめでとう。良かったわね」

「ええ。色々ご心配かけてすみません」

「そんなこと、いいの。主人もホッとすると思うわ。それ、お義父様の方で頼んでおられたのかしら?」

「いいえ、奥様が口をきいて下さったの」

それこそ智春にとっては驚きだった。

ちか子が、寿子の娘のことを心配しているとは、思ってもみないことだった。しかし、そういうことなら、智春としても喜んであげるしかない。

「ご主人にあれこれお願いしておいて、申しわけないんだけど」

「そんなの、いいのよ。うまく話しておくから」

玄関で、有貴の声がして、智春は電話を切った。

「――ただいま」

と、有貴はスポーツバッグを投げ出して、

「くたびれた!」

「これからご飯作るの。三十分くらい、大丈夫?」

「死んでるかも」

と、有貴は、ソファに引っくり返った。

「何ですか、みっともない」

と、智春が苦笑すると、

「お母さん。今日帰りのバスでさ、中年のおじさんに、『お座り下さい』って、席を譲られちゃった」

「まあ。そんなにくたびれたような顔をしてたの？」

「そうかと思ったんだけど……。後で気が付いたの。――きっと、私のこと『社長のお嬢さん』って思ったんだよね」

有貴の表情は冴えなかった。

家を出る

「人間って、現金だよね」

と、有貴が言った。「——お母さん。おかわり」

「はいはい。お腹痛くしないでよ」

と、智春は苦笑しながらご飯をよそった。

「でも、有貴、世の中はそんな人ばっかりじゃないのよ。あんまりそういう風なことを言わないで」

「うん……分ってる」

有貴はもう三杯めだ。

困ったことだ、と思う。確かに、夫がいつか社長になることは誰しも分っていただろう。しかし現実の肩書が「課長補佐」と「社長」では、聞く方の態度がガラッと変ってしまうのも、やむを得ない。

それが、有貴の目には人間の醜さと映るのも、また仕方のないことだったが。

「ね、お兄ちゃんと会った？」

と、有貴が急に思い出した様子で言う。

「浩士と?」

「うん。この間、何かお母さんに話があるとか言ってたじゃない。私はお邪魔だったみたいだけど」

「そんなわけじゃないわ。あれきり何も言って来てないし、大したことじゃなかったんでしょ」

まさか、有貴に本当のことを話すわけにはいかない。

「お兄ちゃん、結婚するのかなあ」

「どうして? ——そんなこと、言ってた?」

「そうじゃないけど……。そんなことじゃないのかな、って思ったの」

と、有貴は言ってから、フーッと息をつき、

「お腹一杯! でも、残ったご飯、お茶漬して食べちゃおう」

「呆れた子」

と、智春は笑った。

すると、玄関の方で物音がして、智春が腰を上げる間もなく、

「ただいま。——何だ、今ごろ晩飯か」

と、夫の沢柳伸男が顔を出した。

「あなた！　早いのね。食べてくるって言ってたから――」

「うん。いいんだ。食事はパーティで適当にすました」

と、伸男はネクタイを取って、「しかし、旨《うま》そうだな。俺もお茶漬をサラッとやるか」

「それぐらいでしたら、いつでもどうぞ」

と、智春が立って、すぐに仕度をする。

「――おい」

と、テーブルについた伸男が言った。「日曜日に引越しだ」

智春と有貴は顔を見合せた。

「引越し？　――日曜日って、今度の？」

「ああ、そうさ」

智春も、やっと夫が冗談を言っているのではないと知った。

「そんなに急に？　――どこへ？」

「マンションさ。とりあえずの住居だ。ここよりは大分広いぞ」

と、伸男は言った。「ああ、お茶、かけちゃってくれ」

「だけど……。一言ぐらい、前に相談してくれれば」

「うん。実は今夜突然言われたんだ、お袋から」

「お義母様とご一緒だったの？」

「銀行の部長と会ってね。お袋もいた方がいいと思ったから」

「それはいいの。当然よ。ただ――どこのマンション？」

「麻布だ」

「へえ！　凄い！」

有貴が飛び上った。「学校だって近い。ね？」

「うん。この前の話を、お袋にしたんだ。ちょっといやな顔をしてたが、学校のことを持ち出すと、すぐ分ってくれた」

「そう……」

「で、今夜、食事しながらいきなり、『適当なマンション、見付けといたからね』だものな。いつものことだけど」

と、伸男は言って、「――まずかったか？　何しろ客も一緒だったから、その場じゃ何も言えないし、それに早く越したがってたろ？」

「ええ。――いいの。良かったわ。ただ、突然でびっくりしただけよ」

「そうか。そうだな」

伸男もホッとした様子だ。

もちろん、本音を言えば、智春もちゃんと事前に相談してほしかったのだが、ちか子がそう言い出せば、伸男がそれに逆らうことはできないだろうとも分っていた。

「やった！　麻布か。夜遅くまで遊べる」

「何を言ってるの」

と、智春は呑気な有貴の言葉に苦笑した。

「どうだ。明日、そのマンションを見に行くか？」

「うん！　行く！」

智春も、もちろん見たいに決っている。

部屋の広さ、それに、家具などは、今ある物を持って行くことにしても、引越して行ってから、どれをどこに置くか、迷っている暇はない。

「準備が大変だわ」

と、智春はため息をついた。

「とりあえず賃貸マンションだ。すぐに色々客を招ぶこともあるしな」

と、伸男は言った。「有貴は、学校に何か書類を出すんだろ」

「そういうことは私がやるわ」

と、智春が言った。「有貴は、それを口実にさぼらないこと」

「失礼ね」

と、有貴は口を尖《とが》らした……。

「――ねえ」

と、智春はベッドへ入って言った。

すぐ声をかけないと、夫が寝入ってしまいそうだったからである。

「何だ」

「お義母様……何かおっしゃらなかった？　一緒に暮してほしいとか」

「いや、強くは言ってないよ。何せ、親父があゝだろ。いつ家に戻れるか分らないんだからな」

智春は、少し間を置いて、

「あなたが社長になったら、お義母様はどうするの？」

「会長だろう、当然」

「会長？　――じゃ、あなたはお義母様の許可を得ないと仕事ができないの？」

「そうじゃない。むしろお袋は名誉職さ」

そうだろうか？　智春も、ちか子の個性はよく知っている。

いくら夫が倒れたからといって、おとなしく看病しているちか子ではない。むしろ、会社を「自分の一族のもの」と考えている。

そっちが忙しくて、智春たちに同居されたら面倒だと思ってのことか。

だが、ちか子が内山寿子に親切にしていることといい、今度のマンションのことといい、どこか却って気味が悪いものを感じるのだ。

そう疑ってしまっては、ちか子に対して不公平だろうか。――そう思いつつ、智春は何か不安を覚えないではいられなかった。

「あなた。――寿子さんの娘さんのこと、聞いた?」

「うん? 幼稚園のことか。忘れてた!」

「もういいの。入れてくれる所が決ったんですって」

「へえ。そりゃ助かった。しかし、頼んだ所には――」

「私が連絡しておくわ。あなた、忙しいでしょう」

「やっといてくれるか? すまん」

そう言って、少しして、「――智春。正式に社長になったら、色々人付合いで大変なこともできてくると思うけど、無理をするなよ」

夫の言葉に、智春は胸が熱くなった。

「ありがとう、あなた」

暗がりの中で手を伸すと、夫の手に触れてすぐに包み込まれていた。――智春の中の不安が、溶けて流れ出してしまうような気がした……。

電話が鳴って、智春はびっくりした。夜中の十二時を回っている。

「――はい」

と、智春が急いで出ると、

「智春？　ごめんね、こんな時間に」

「お母さん。どうしたの？」

「悪いと思ったんだけど……。浩士も捕まらなくて――」

母は相当に動揺している。

「言って。何なの？」

と、少し強い口調で言う。

「――お父さんが、出てったきり、帰って来ないんだよ」

智春はベッドに起き上って、

「いつ出かけたの」

「すぐ近くに、タバコを買いに行くって言って……。夜の八時ごろ」

「もう十二時過ぎよ！　ご近所を捜した？」

「ええ。でも、見付けられなくて……」

「ともかく――行くわ、今から」

と、智春は言った。

母一人では、どうしていいか分るまい。

電話を切ると、

「何だって？」

と、伸男が訊く。

「父がいないらしくて……。捜しに行ってみるわ」

急いで着かえていると、伸男が起きて来た。

「送るよ、車で」

「いいわよ！　それこそ、明日の仕事があるわ」

「しかし、心配じゃないか。交通事故にでも遭っていたら……」

「問い合せてみる」

と、智春は肯いた。「ともかく、実家へ行ってから」

「智春……。何を慌ててるんだ」

妻の様子に、只事《ただごと》でないものを感じたのだろう。

「父が……少しボケ始めているのかも……」

「何だって？　まだ六十……」

「ええ、でも、会社にもほとんど行ってないようなの」

「そうか……。じゃ、なおさら――」

「お願い。父から電話でもあるといけないし。有貴を起してしまうわ」

「分った……。気を付けろよ」

仲男は肯くと、「タクシーを呼ぼう」

と言って居間へ入って行った。

まさか……。まさか、とは思うが……。

智春は万一のことを考えて気が重いまま、出かける身仕度を整えたのだった。


玄関に、男物の靴があった。

帰ってたのか！　――智春はホッとして、

「お母さん」

と、呼びかけた。「戻ったのね！　――あら」

電話を取っていたのは、浩士だった。

「――はい。――間違いなく父だと思いますが。――ええ、すぐに伺います」

浩士が受話器を戻して、

「姉さん」

「それで――どこかで見付かったのね」

「うん。何とか自分の名前と電話番号を思い出したらしいよ。迎えに行ってくる」

と、浩士は言った。

「車？」

「うん」

「じゃ、一緒に行くわ」

「そう？　すまないね」

浩士はその手のことがあんまり得意ではない。智春は慣れているのだが。

「お母さんは？」

「ショックと心配で、めまいを起したんでね。今、横になった」

そう言っている所へ、当の万里子が、

「何だったの？」

と、やって来る。

「見付かった。T市だって」

「ええ？」

と、智春はびっくりした。

電車でも一時間近くかかる。

「何のつもりだろうね……」

と、呟いた万里子は寝不足の目を赤く充血させていた。

同居人

智春は、後ろの座席を振り返った。

「――どう？」

と、ハンドルを握った浩士が訊く。

「大丈夫、眠ってるわ」

と、智春は言って、助手席に座り直した。

「遅い時間だから、道が空いてる。そうかからないよ」

「そうね」

深夜のせいか、黄色の点滅になっている信号も多く、車はあまり停ることもなく走っていた。

父、矢崎道雄は後部座席に横になって毛布をかぶり、小さくいびきをかいている。

終電を降り、駅前をうろうろしていて、交番の警官に呼び止められたのだ。初めはどこから来たか、自分の名前さえ思い出せなかったという。

「――しかし、大変だ」

と、浩士が言った。「親父、このまま……ひどくなっていくのかな」

「何とかそうならないでほしいわね」

智春はため息をついた。「仕事を替ってでも……。お給料のことなんか言ってられないわ。少しでもシャンとしてくれないと」

「うん……。ショックだな。まさか自分の父親が……。あんなに口やかましかったのに」

「浩士」

と、智春は言った。「あなた、ちゃんと家にいて。お母さん一人じゃ、神経が参っちゃう。私もできるだけのことはするけど、今一番大変なときだし」

「伸男さん、社長だって？　おめでとう」

「喜んでる暇もないわよ」

と、苦笑して、「今度の日曜日には急に引越するの。都心のマンションに。当分は駆け回らなきゃ」

珍しく赤信号に出くわして車が停る。

智春は弟を見て、

「浩士。ちゃんと家から通って。――ね？」

浩士はじっと正面を見つめながら、

「僕にだって、都合ってものがあるんだよ」

と言った。「もちろん、できるだけ顔は出すけど」

智春は、一瞬言葉に詰った。

「――どういうこと？　浩士。――誰と住んでるの、今？」

信号が青になる。車が走り出すと、浩士はゆっくりと息をついた。

「聞いたんだろ。聡子から」

「田辺さんから？　ええ。でも――浩士自身の口から聞きたいわ」

と、智春は言った。

「聡子の言った通りだよ。彼女には申しわけなかったと思っている。でも、いい加減な気持じゃなかった。本当に彼女と――結婚できると思ってたんだよ」

浩士はじっと前方を見据《みす》えて、ハンドルを握りしめている。「でも――だめだった。どうしても。彼女でも……だめだったんだ」

智春は、何とも言えなかった。浩士のことは良く知っている。誠実であろうとしたことは、疑っていなかった。

しかし、田辺聡子の方が裏切られたと感じるのも、無理のないことだ。

「それで、浩士……。今、その人と――田辺さんが見たっていう男の子と、暮してるの？」

できるだけ、さりげなく訊いたつもりだったが、やはり声はこわばっていた。

「――うん」

と、浩士は肯いた。「僕がいないと、あいつはだめなんだ。生きて行けないんだ。分ってよ、姉さん。もちろん――姉さんにはすまないと思ってるけど……。どうしても家に戻るわけにはいかないんだ」

何を言ってもむだだと感じた。

「そう」

と、肯いて、「じゃ、できるだけ電話でも入れてあげて」

「うん。すまないね」

浩士はホッとした様子。智春は、家が近くなるのを見て、

「ずっと、その子と一緒に暮すつもり？」

と言った。「分ってね。そこまでいくら姉でも踏み込んでいいとは思わないわ。ただ、お父さんが知ったらショックだと思うの。分るでしょう？」

「分るよ。でも――どうしようもないんだ」

「そうなのね」

智春は、車が停ると、疲れたように言った。「何もかも私に押し付けて！　好きにすればいいわ」

そんなことを言うつもりではなかった。しかし、決して本心でないことを、人は口にしてしまうことがある。あまりに疲れ、誰かの助けを必要としているときには。

浩士が、やるせない目で智春を見た。智春は後悔した。弟を苦しめたところで、どうなるというものではない。

しかし、それ以上話をしない内に、母が玄関を急いで出て来るのが見えて、二人はそれきり何も話さなかった。


伸男は大欠伸《おおあくび》をした。

クスクス笑う声がして、振り向くと、本間邦子である。

「何だ、君か」

と、伸男はホッとして言った。

「失礼しました、社長」

と、本間邦子がかしこまって言う。

「やめてくれ。もう肩がこってしょうがないんだ」

と、伸男は顔をしかめて言った。「それにまだ株主総会を終らないと、正式には社長じゃないよ」

昼休み。——伸男は一人でランチを食べ、コーヒーを飲んでいるところだった。

「でも、同じことでしょ？　いいですか、ご一緒して」

「ああ、もちろん」

「寝不足ですか」

「まあね。色々あって……」

智春が戻ったのは、もう明け方近かった。伸男は先に眠っていたのだが、やはり気になって、途中何度も目が覚めていた。

「日曜日に引越されるんですって？」

邦子の問いにびっくりして、

「どうしてそんなことを知ってるんだ？」

「地獄耳です」

と、邦子は微笑んで、レモンティーを頼むと、「本当は、社長の奥様からうかがって」

「女房から？」

「あ、いえ――前社長の奥様です。失礼しました」

「お袋から？　どうして君が――」

「息子に伝言を、と呼び止められて。お昼休みがすんだら、会議室へおいで下さい」

「そう……。分った」

しかし、どうして母が本間邦子にわざわざそんなことをことづけたのか、伸男には今一つ分らなかった。

「――もう、『坊っちゃん』なんてお呼びするわけにもいきませんね」

と、邦子は言った。

「僕は僕さ。人間が変っちまうわけじゃないんだ」

邦子は、ちょっと真顔で伸男を見つめていたが、

「何か……奥様のご実家で厄介なことでもあったんですか」

と、小声になって訊く。

「何だって？」

伸男は唖然とした。「本間君――」

「お母様はご存知ですよ。なぜだか……。私にはよく分りませんけど、何か考えてらっしゃいます」

「どういうことだ？」

「私のこと、伸男さんと親しいと思われているようで、あれこれ訊かれました。ついでに――」

と、邦子はちょっと笑って、「恋人はいるかって。――伸男さんに、ですよ」

「お袋がそんなことを？」

「ええ。私も訊かれました」

「恋人がいるか、って？」

「いいえ、伸男さんと寝たことがあるか、って」

伸男は呆気《あっけ》に取られた。

「全く！　何のつもりだ」

と、腹立たしげに呟く。

「奥様と、お母様、うまく行ってらっしゃらないんですね」

「まあね。しかし——そんなのは世間にいくらでもあることだ」

「もちろんですわ。ただ、社長さんになられると、それで困ったことになるかも……」

「僕が社長になるんだ。智春がなるんじゃない」

と言って、伸男は立ち上ると、「お袋と話して来る。今、どこだろう？」

「お出かけだと思います。あと十五分ですわ、お昼休み」

「うん……。そうか」

伸男はまた座って、「やれやれ！　先が思いやられる」

邦子はレモンティーが来て、一口飲むと、

「噂のこと、ご存知ですね」

と言った。「奥様と……」

「水島とかいうエアロビのコーチのことだろう？　知ってる。君も聞いたのか」

邦子は肯いた。

「社内でも、結構知られてますよ。それが、お母様の耳にも……」

「お袋が？　何か言ってたか」

「『智春さんは、社長夫人としてはちょっと問題が多いのよ』と、おっしゃいました」

伸男は、暗い表情で、邦子の言葉を聞いていた。

昼休みの終るのが、待ち遠しいようで、それでいて怖いようでもあった……。

「――はい。本当にお手を煩わせまして、申しわけございません。――はい、いずれ改めましてお礼に伺いたいと存じますので……。はあ、どうか先生によろしくお伝え下さい。――どうも」

智春は、電話を終えると、ソファに身を委ねて、少し目を閉じた。

ゆうべは浅い眠りしか取っていない。頭がひどく重かった。

父はあれからどうしたか。気になってはいたが、電話して母が出たら、「すぐ来て」と言われそうな気がして、そのままにしていた。

ともかく、まずは内山寿子の娘、美幸のことで幼稚園への紹介を頼んだ代議士の秘書へ連絡を入れた。

向うも慣れているのだろう、大して気分を害したようでもない。

「――引越しね」

と、呟く。

ここを出て行けるのは嬉しい。しかし、そのための最低限の準備だけで何日もかかるだろう。

荷造りや梱包《こんぽう》は、引越し業者に頼むことにした。割高になるが、そんなことを言ってはいられない。

後でもやれることは後回しにするとして、ともかく動かなくては……。

電話が鳴った。母からだろうか？

「——はい」

と出ると、少し間があって、

「奥さん。水島です」

「あ……」

すぐに切ってしまおうとした。しかし、向うが急いで、

「切らないで下さい。奥さんのことを心配してかけてるんですから」

と言った。

「何のご用？」

と、智春は言った。「忙しいんです、私」

「知ってます。ご主人が社長さんだそうで。おめでとうございます」

「あなたに関係ないことです」

と、言い返す。「ご用でしたら、早くおっしゃって」

「弟さんのことです、奥さんの」

「弟のこと?」

「浩士さん、でしたか」

「浩士がどうしたというんですか」

「今、誰と同棲《どうせい》中かご存知ですか」

智春の顔から血の気がひいた。

「——弟はもう大人です。何をしていようが、私がとやかく言うことではありません」

「まあ、理屈はね」

と、水島が言った。「しかし、やはりうまくないんじゃありませんか? 私はね、心配してるんです」

「だから、何だとおっしゃるんですか」

「その弟さんの同棲相手がね、私に会いたいと言って来たんですよ」

と、水島は言った。

我が家

カチャリ、と音をたてて、鍵が回った。

「――さ、入ろう」

と、伸男は言ってドアを開けた。

「あなた、明りは？」

「点くはずだ。待てよ……。ああ、これだ」

明りが点くと、

「広い！」

と、有貴が声を上げた。

もちろん、「大邸宅」ってわけじゃないにしても、あの社宅に比べれば、格段の広さである。

「中、見て回っていいんでしょ？」

「当り前だ。そのために来たんだぞ」

と、伸男は笑って言った。

「私は台所が見たいわ、まず」

と、智春はメモ用紙を取り出して、「あなた。——巻尺持って来たから、私の言ったとこ、測って」

「ああ、分った」

伸男は、智春の手回しの良さに、つい笑っていた。そんなこと、伸男自身は全く思い付かなかったのである。

「ええと……。こっちがダイニングとキッチンね」

智春は、コピーして来た部屋の間取りの図面を見ながら、目の前の部屋と見比べていた。

「広いな、やっぱり」

「ええ。でも、今は何も家具が置いてないから。色々置いたら、そうでもなくなるわ。もちろん今の社宅よりは広いけどね」

キッチンへ入って、「——あ、そうか。レンジは付いてるのね。ここ、ガスは使わないんだっけ」

「都心の高級マンションは全部電気さ。ガステーブルなんか、いらなくなるな」

「運んで来てもむだ、ってことね」

智春はメモを取って、「あなた、冷蔵庫のスペース、測ってみて」

「ああ。狭いかな？」

「たぶん、入る。大丈夫だと思うわ」

伸男が巻尺で測ると、智春は肯いて、

「悠々《ゆうゆう》入るわ。後は……食器がどれくらい入るかね」

と、戸棚を開けていく。

「ね、お母さん!」

と、有貴が興奮した様子で駆け込んでくると、「どの部屋でも、いい? 私が選んでもいいかしら?」

「だめよ、そんなの」

と、智春は苦笑した。「希望ぐらいは聞いてあげるけど」

「ふーん、だ」

と、有貴は口を尖らし、「私、ダブルベッド置きたいなあ。手足伸して、ゆったり寝られる」

「ともかく、一旦は今のを運ばなきゃ」

智春が、一通り戸棚を開けてみてから、「じゃ、お風呂場を」

と、図面を見た。

――夜、帰りに三人で待ち合せて、日曜日に越してくるマンションを見に来たのである。

三人には広すぎるかと思うほどの、充分な間取りである。智春は、せっせと気付いたことをメモして行った。

有貴は興奮している。そして夫は……。

智春は、伸男が何か思い悩んでいる気配に気付かなかった。智春自身、伸男に気付かれてはならぬことを、抱えていたのだから……。

――心配ですよね、そりゃ。

水島は、わざとらしいなれなれしさで、そう言った。

「大企業の社長の弟さんが、男と暮してる、とあっちゃね。世間の手前ってこともありますよね」

智春は、電話を叩きつけて切ってやりたかった。しかし、水島がなぜ浩士のことを知っているのか、不思議だった。

「私の弟です。主人には関係ありません。水島さん、何のつもりですか？　はっきりおっしゃって下さい」

「おやおや、奥さん、冷たいですな。一緒に楽しんだ仲なのに」

と、水島は笑った。

「もう、二度とかけて来ないで」

向うが何か言いかけたが、構わずに切ってしまった。

――あれで、良かったのだろうか？

「リビングが広い！　TV、大きいの買おうよ。今のじゃ小さいよ」

有貴が主張する。

そう。――あれでいい。水島などに何ができるものか。しかし、浩士は何も違法なことをしているわけではないのだ。

浩士のことも、どうにかして調べたのかもしれない。しかし、浩士は何も違法なことを
相手にしないでおこう。――引越してしまえば、何もかもけりがつく。

そう、放っておこう。――智春は自分にそう言い聞かせた。

「――本棚がふやせるな」

と、伸男は言った。

「本を読む時間なんて、あるの？」

と、智春はひやかすように言った。

「何とか作るさ。いくら忙しくても、仕事しか分らん人間にはなりたくない」

と、伸男は言った。

母のような人間には。――母にとっては、何よりもまず会社が大切なのだ。

思い出したくもない。それでも、伸男の耳には、今日の午後、母と会ったときに聞かされた言葉が、はっきりと響いているのだ……。

「構わないっていうんだね」

と、ちか子は伸男を少し斜めに見ながら言った。

「母さん――」

「それは確かに、あんたたち夫婦のことで、私が口を出すことじゃないかもしれない。でもね、あんたが社長になると、そうは言ってられないんだよ。智春さんが、そんなどこの誰とも知れないような男と浮気するような人じゃ、会社にとって、良くないんだよ」

「やめてくれ」

と、伸男は強い口調で言った。「母さんが智春を好いてないのは分ってる。でも、僕は充分に幸せなんだ。社長の椅子につけば、今までとは比べものにならないくらい、体も心も疲れるだろう。――家へ帰ったとき、智春がいなかったら、僕はとてもやっていけない」

「伸男――」

「もう、智春のことは聞きたくない。そんな噂を信じるなんて。それこそ母さんらしくもない」

ちか子は、表情を固くしたが、これ以上言うのは逆効果と判断したらしい。

「そういうことなら……。まあ、いいわ。お前が満足してるのならね」

「他には？」

「明日の会議のことで、少し打合せしておこうと思ってね」

ちか子は、机の上の書類を取り上げた。

——伸男は、寝室を覗いて、

「壁のクロスの色が今ひとつだな」

と言った。「後で貼りかえよう」

「あなた、賃貸なのよ。そんなこと、勝手にしちゃまずいわ」

「あ、そうか」

と、伸男は笑って言った。

——智春。

もちろん、俺はお前を信じている。そうだとも。

あんなくだらない噂に惑わされやしない。俺は、お前を愛してるんだ……。

——ちか子との話を終えた後、伸男は気分がむしゃくしゃして、一人で地下の喫茶店に行った。

あまり旨くないコーヒーを飲んでいると、

「やっぱり」

と、声がして、本間邦子が立っていた。

「何だ。——どうして分った？」

「お母様とお話になって出て来られるところをお見かけしたので」

と、邦子は向いの席に座って、「私もコーヒー。――渋柿を食べたような顔でしたよ」

伸男はちょっと笑って、

「女房の悪口を言われりゃ、そうもなるさ」

「やさしいですね、社長さん」

「『社長さん』はやめてくれ」

伸男は、コーヒーの残りを飲み干して、

「いっそ、お袋に全部譲ってしまいたいくらいだよ」

と言ってから、ため息をついた。

「――そうはいかない。分ってるんだ。まあ、忙しくなれば、自然に噂のことなんか忘れちまうだろうが」

「そうはいかないでしょう」

と、邦子は言って、コーヒーが来るとクリームだけを入れた。「お母様は、何か考えておいでですよ」

「どうして分る？」

邦子は一口飲んでから、

「もう少し煮つめないでほしいわ……。坊っちゃん」

「何だい」

「私……お母様に頼まれました。坊っちゃんを誘惑してくれって」

「なんだって?」

「浮気させて、奥さんとの間がうまくいかないようにさせたいって……。本気でおっしゃったんですよ」

伸男は呆気にとられて、

「で……君、どう返事したんだ」

「とても、私じゃ魅力がありませんから、と冗談めかして逃げようとしたんですけど、うまくやってくれたら、百万円払う、と」

伸男は絶句した。——邦子はちょっと笑って、

「大したもんですね。私に百万だなんて」

「君に——そんな失礼なことを言ったのか。すまん。許してくれ」

と、伸男は頭を下げた。

「やめて下さい。——もちろん、お断りしましたけど、あれでお母様が諦められるとは思えません」

「うん……」

「本当は——言っちゃいけないことでしたね」

「どうして?」

「私……」

邦子は何か言いかけて、「――もう戻られて下さい。きっと五、六人はあわてふためいて、坊っちゃんを捜してますわ」

「ああ……。じゃ、これで払っといてくれ」

伸男は千円札を二枚置いた。

「坊っちゃん」

と、邦子が言った。「私なら――お金なんていりません」

「コーヒー代だよ」

と、伸男が面食らって言うと、邦子は笑い出した。

あれは……。そう。自分の席へ戻ってから気が付いた。

邦子は、百万円などいらない、と言ったのだ。ということは――。

伸男は、邦子を女として見たことがなかったと気付いた。しかし、本間邦子は女で、しかも二人して飲んだりもした仲である。

だからどうだというんだ？　――伸男は、頭の中から、邦子の表情を追い出した。ちょっとせつなげに伸男を見送った、あの表情を……。

「――じゃ、ここが有貴の部屋。いいわね？」

と、智春が言うと、

「うーん」

と少し不満げに口を尖らし、「お父さん、仕事部屋なんているの?」

「なに、どうせ母さんの洋服置場になるのさ」

「あら、ひどいわ」

と、智春は抗議して、「でも、そうかもね」

三人は笑った。

「――じゃ、行くか」

と、伸男は言った。「もうキーももらってある。日曜日、俺はいないかもしれない」

「あら、出かけるの?」

「午前中だけさ。できるだけ早く駆けつける」

「部屋の整理しなきゃ!」

と、有貴が楽しげに言った。

「さ、行こう」

三人は、明りを一つ一つ消して、部屋を出た。玄関のドアをロックするのは、有貴がやった。

「静かだね」

かなり大きなマンションなのだが、廊下を歩いていても、ほとんど何の物音もしない。

社宅と似た集合住宅でも、雰囲気は全く違っている。

ロビーも広く、もちろん、インターロックの扉もある。

「早く日曜日にならないかな」

と、有貴が言った。

くちづけ

「お母さん……」

有貴がフラッと居間へ入って来る。「何とか……段ボールに詰めた」

「まるで夢遊病みたいよ」

と、智春は思わず笑って、「いいからもう寝なさい。明日は早いわ」

「うん……。おやすみ」

と、有貴は欠伸しながら自分の部屋へ戻って行った。

「あれじゃ、パジャマに着替える暇もないわね、きっと」

「いいさ。どうせ明日は朝から忙しい」

と、伸男は言った。「お前……。もういいのか？」

「ええ。後は明日の朝で何とかなるわ。五時に起きれば間に合うでしょ」

「大変だな、引越しってのは」

そう。──智春にとっても、ちょっとした驚きではあった。社宅での生活が、これほどまでに多くの物を必要としていたのか、と……。

「――奥様」

と、台所から、本間邦子が顔を出す。「一応、お皿の類いは全部しまいました」

「まあ、ごめんなさいね」

と、智春は立って、「こんな時間まで」

「いいえ、何時になっても別に」

と、本間邦子は楽しげに言った。「体を動かすのは好きですし、力なら男に負けませんから」

土曜日、朝から一日中引越しの準備に明け暮れた。若手社員が三人やって来て、段ボール作りを手伝ってくれたので、大いに助かった。

伸男は、あまり力仕事が得意でない。

今日も、事実上指示するだけで、自分は有貴の部屋を覗いて邪魔にされたりしていた。

そして昼前に本間邦子がやって来て、細かい物を一つずつ紙にくるんで詰める、といった仕事を手伝った。

結局、それが一番時間をくって、もう夜中の十二時を回ってしまっていた。

「本間君、悪いね」

と、伸男は言った。「お茶でも飲んでくれ」

「ありがとうございます。どうぞお気づかいなく」

「助かったわ。私は預金通帳とか保険の証書とかを整理するので手一杯だったもの」

「じゃ、これで……」

と、本間邦子は言った。

「何だ、一息入れてくれよ」

「いえ、今から駅へ行けば、終電車に間に合いますから」

「あ、そうね。あなた、車で駅まで送ってあげて」

「もちろんだ。何分かな、終電は?」

「あ、結構です、私。本当に——」

智春が時刻表を見て、まだ三十分ほどあると分った。——本間邦子も、一旦落ちついて、智春のいれた紅茶を飲んだ。陶器類はしまってあるので使い捨ての紙コップである。

「明日は伺えませんけど」

「ああ、大丈夫。若いのがやはり何人か来てくれるはずだ」

そこは新社長の引越しである。日曜日といえども、声さえかければ何人でもやって来るだろう。

「奥様も、これから大変ですね」

「ちっとも大変って自覚がないのが問題かしら」

と、智春は笑った。

——本間邦子は紅茶を飲み終えて、立ち上った。

もうバスはない。伸男は車のキーを手に、

「送るよ」

と促した。

「すみません。社長さんに送っていただくなんて、ぜいたくだわ」

と、本間邦子は笑った……。

智春は紙コップをビニールのゴミ袋へ入れ、台所に入って中を見回した。

段ボールが床に積み上げられているので、ずいぶん印象が違う。けれども——夫との暮し、有貴を育てた日々、毎日毎日ここに立っていたのだと思うと、まるで自然の中で小川か花畑でもながめているような懐《なつか》しさを感じる。

もちろん、夫が社長になり、広いマンションへ移り住むことはそれなりに嬉しいが、智春自身にとってはむしろ、このつつましい暮しの方が性に合っている、とも思えるのだった。

社長夫人。——夫の肩書は自分と関係ないと思っていても、周囲はそう見てくれない。それは気の重いことだった。

チャイムが鳴る。——もう帰って来たのだろうか？

「はい」

と、インタホンで答えると、

「奥さん。奈良ですが」

夫の同僚である。

「あ、どうも……。あの、ちょっとお待ち下さい」

智春は玄関へ出て行った。

「こんな時間に申しわけありません」

と、奈良竜男は言った。「あの――伸男さんは」

「主人、今ちょっと出てます。じきに戻りますけど」

「そうですか。いや、奥さんでも、もちろん……。ほんの少し、時間をいただけますか」

智春はためらった。有貴はもう寝ている。

「何なら、外でも。――この裏にでも行きましょうか。お耳に入れておきたいことがあって。――例の噂のことで」

智春はチラッと奥に目をやって、

「娘が眠ってますので……。分りました。待って下さい」

と、急いで鍵を取って来る。「じゃ、ちょっとだけ……」

「ええ。――明日お引越しですね」

と、奈良は歩き出しながら言った。

「はあ、色々お世話になって」

「とんでもない。しかし——寂しくなりますね」

奈良の笑顔は、どこか無理のある、引きつったものになっていた。


「向うの駅からは?」

と、伸男は本間邦子に訊いた。

「ええ、終電に合せてバスがあります。割高ですけど、結構混むんですよ」

「そうか」

夜中の道は空いている。伸男の運転する車は、じきに駅の見える所まで来た。

「余裕は充分にあるな」

と、赤信号で停ると、伸男は時計を見て言った。「悪かったね。せっかくの休みなのに」

「いいえ」

本間邦子は首を振った。「社長さんの暮しておられた場所を見ておきたかったんです。本当言うと」

「へえ。何か得るところがあった?」

と、伸男は笑って言ったが——。

邦子は黙っている。伸男は少し当惑し、同時に、邦子があのとき言った言葉——私なら、お金なんていりません——を思い出した。

視線を向けると、邦子は助手席で、じっと前方を見つめている。

「本間君……」

「青です、信号」

「ああ……」

伸男が車を発進させると、

「時間があるんだったら、少しどこかで停《とめ》て下さい」

と、邦子が言った。

伸男はちょっと迷ったが、この広い通りはやはり車が通る。一旦、細いわき道に入り、小さなオフィスビルの並ぶ辺りで、車をわきに寄せて停た。ここはほとんど人通りがない。

「——すみません。奥様がお待ちなのに」

と息をつく。

「大丈夫さ。いつもならもっと時間がかかってる」

「社長さん……。伸男さん、って呼んでもいいですか」

「『坊っちゃん』よりはいいね」

邦子はちょっと笑って、それから伸男の方へ手を伸し、顔を引き寄せた。

伸男は大して抵抗もなく邦子と唇を重ねていた。——邦子は、離れて目を伏せると、

「口紅はつけて来ていませんから」

　と言った。

「本間君――」

「邦子、って呼んで下さい」

「呼び捨てにはできないよ」

「じゃあ……呼ばなくていいです」

　邦子はもう一度伸男にキスした。そして再びじっと前方を見つめ、

「お母様のおっしゃったこととは関係ありません」

「分ってるよ。君はそんな計算をする子じゃない」

「でも――考えることはあります」

「何を？」

「社長が――伸男さんが、もし奥様と別れて傷ついて、やけ酒でも飲んでたら、私、お付合いしてさしあげられるのに、って。酔い潰れたあなたを自分のアパートへ連れて行って介抱してあげて……。そしていつの間にか――。どうかしら」

「君は……」

　邦子は笑って、「想像するだけなら、罪にならないでしょ？」

「もう駅に行きます。乗り遅れると――」

「うん」

伸男はエンジンをかけようとして、「君、知ってるか。あの噂が本当かどうか」

と言った。


「ここなら」

と、智春は、棟の裏手の人気《ひとけ》のないスペースにやって来て足を止めた。

もともと自転車置場にするはずだった所だが、遠回りなので誰もこんな所には置かないのである。

「奥さん……。申しわけないことです」

と、奈良は頭を下げた。

「何のことですの？」

「女房です。敏子なんです。あの噂の出所は」

「まあ……」

智春も、そうではないかと想像してはいたのだ。

「あのコーチと奥さんが集会所から出て来られるのを、たまたま見ていたらしいんです。しかし、出て来た、っていうだけで。しかも別々に。――そんなことで敏子の奴、決めつけるんですよ。何かあったに違いない、と言って」

「そうですか」

と、智春は目を伏せて、「でも、もう私たちはここを出て行きます。みんなその内忘れてくれますわ」

「はあ……」

「それより、そのことで敏子さんと喧嘩《けんか》なさらないで下さいね」

奈良は苦々しげに、

「もうとっくに、喧嘩するほどの仲でもありません」

と言った。「何を考えているのか、とても理解できませんよ」

「奈良さん……。私、もう戻らないと。主人が帰って、私がいないと心配するでしょうから」

「そう……。そうですね」

「わざわざありがとう。じゃ、これで」

会釈して、智春が戻って行こうとしたときだった。突然、奈良が追いつき、智春を抱きしめてキスしたのである。

あまりに突然で身動きできなかった智春だったが、

「――何するんです！」

と、力をこめて突き放し、「奈良さん……」

愕然として、まるで他人の身に起ったことのように……。

「奥さん！　あなたが行ってしまうと聞いて目の前が真暗になりました。ずっと――初めて見たときから、奥さんのことを……」

「いい加減にして！」

智春は厳しく遮ると、「二度と――二度とこんなこと、しないで下さい！」

「奥さん。本当に、あのコーチに抱かれたんですか！」

智春は無言で奈良をにらむと、一気に駆け出して行った。奈良はもう後を追おうとはしなかった……。

応接室

玄関のチャイムが鳴った。

さっきチャイムが鳴ってから十分とたっていない。智春は手を休めて、ため息をついた。

新しく越して来たのだから、色々と来客が多いことは分っている。しかし、新聞の勧誘だの、銀行員だの、デパートの得意先係だの――要するに、「社長さん」が越して来たことを、どこで聞きつけるのか、耳にしてやって来る客の多いことにはうんざりしてしまう。

しかも、よく分っていて、受付に人のいないお昼どきを狙ってやって来るのだ。

初めはていねいに相手をしていた智春も、その内部屋の片付けがいつまでもすまないので、お手伝いさんのふりをして、

「ご主人も奥様もお出かけです」

と答える手を覚えた。

相手はポストに名刺を入れて帰る。――向うにしてみれば、仕事なのだから、気の毒とも思うが、「こっちは片付けるのが仕事！」と自分に言い聞かせてやっている。

でも――チャイムが鳴れば、全く出ない、というわけにもいかない。

智春は、小走りにインタホンの所へ行って、

「はい」

と、少し澄ました声を出した。

「あの……」

と、おずおずした女性の声。「沢柳様……でいらっしゃいますか」

「どちら様でしょう?」

「内山と申しますが」

智春は思わず笑いそうになってしまった。

「寿子さん! どうぞ、上って来て」

と、インターロックの扉を開けるボタンを押す。

玄関へ出ると、じきに足音がして、

「いらっしゃい!」

と、智春はドアを開けた。

「突然ごめんなさい」

と、寿子は地味なスーツ姿。「違う部屋を押しちゃったかと思った」

「何しろ、色んな人が来るんで、お手伝いさんのふりをしてるの。——片付いてないのよ。上って」

「お邪魔します。——広いのねえ」

と、寿子は居間へ入って、ため息をつく。

「社長さんですものね。これくらいの所に住まないと」

「やめてよ」

と、智春は笑って、「さ、かけて。コーヒーでもいただこうと思ってたとこ」

「じゃあ……。でも、一通り見せていただいてもいいかしら？」

誰だって、新しい家は見たいもの。智春はあまり自慢めいた言い方にならないように気をつかいながら、ザッと中を案内した。

「家具とか、入れかえるんでしょ？」

と、居間に戻って寿子が言う。

「その内ね。差し当りは、早く生活のテンポに慣れないと」

智春はコーヒーメーカーをセットして、

「——お出かけ？」

と、ソファに腰をおろした。

「ええ。幼稚園にご挨拶に行って来たの」

と、寿子は微笑んだ。「色々ご心配かけまして」

「でも、良かったわね」

智春は、寿子がどことなく少し変った、という印象を受けた。

「あの人の所にも時々行ってるわ。あんまり口はきけないけど、嬉しそうにしてくれる」

「そう」

正直なところ、今でも智春は、義母が寿子にそこまで良くしてやっているのが信じられない思いである。

もちろん、寿子にとってはいいことで、それに文句をつける気持はさらさらないが。

——このマンションに越して来て十日たっていた。

毎日毎日、段ボールと格闘していたのが、やっと少し落ちついて来たところである。

もちろん、社宅にいたころ抱えていた問題は、一つも片付いていないし、気にもしているが、体は一つしかない。伸男も、あちこちに〈新社長〉として挨拶して回っているので、まともな時間に帰宅することはまずなかった。

智春も、大分生活のリズムが狂っていて、寝不足だったが仕方ない。

一人元気なのは有貴で、アッという間にこの近くの小さなお店にも詳しくなっている。今は早く家が片付いて、「友だちを連れて来てもいい」と智春が許してくれるのを待っている、というところだ。

「——もう失礼しないと」

三十分ほどして、寿子は腰を上げた。

「もう？　でも、あんまり引き止めるわけにもいかないわね」

「美幸が待ってるし。——智春さん」

「え？」

「一つ……お願いがあって」

と、寿子は目を伏せた。

「何かしら？　言ってみて」

と、また一緒に座り直して、「ね、遠慮する仲でもないじゃないの」

「でも——もうあなたも社長の奥様だし……」

「もう！　やめてよ」

と、苦笑する。「たまたま亭主が社長になっただけよ」

「そうね。——実は、美幸の幼稚園のことでお世話になった方がいて、その方にお礼しなきゃいけないの」

少し間が空いた。智春は察して、

「——お金？」

「ええ……」

と、寿子はためらいがちに、「ちか子さんから言われたのは、決った後で。今さら、やめますとも——」

「それはそうよ。私で都合できるような金額なら……」

「百万、と言われてるの」

百万……。もちろん、お金で入れてもらうなどというのは、智春など一番嫌いなことだが、美幸のような立場の子の場合、現実にはやむを得ないとも言える。

「必ずお返しします。――美幸が幼稚園に通い始めたら、働くつもりなの。一応……ちか子さんからは、『面倒はみる』と言われてるけど、こっちも気が重いし。――少しずつでも、きっとお返ししますから」

「もちろん、分ってるわ」

智春は、寿子の手を握った。「何とかするわ。任せて」

「ありがとう」

寿子は深々と頭を下げた。

「いつ必要なの？」

と、智春は訊いた。

「悪いね」

と、伸男は言った。

「いいえ、ちっとも」

本間邦子は微笑んで、「あと三十分もあれば終りますから」

「そうか」

伸男は、欠伸をした。

「社長さん。お疲れでしょ？　少しお休みになったら」

と、邦子はワープロを打つ手を止めないで言った。

「君に働かせておいてか？　そんなわけにゃいかないよ」

――もう午前一時を回っていた。

「お宅でご心配じゃありません？」

と、邦子が訊く。

「十二時ごろ、電話しといた。何時になるか分らないから、先に寝てろと言っといたよ。大丈夫」

伸男は、頭を振った。「――もっと早くやっときゃ良かったんだ」

「お忙しいんですもの。――ね、応接室のソファででも、少し休まれて下さい。打ち終ったらお起ししますから」

邦子の言葉に、伸男は少しためらってから、「じゃあ……。すまんな」

「いいえ。そこに立っていられると、手もとが暗くて」

邦子の言葉に、伸男は笑ってしまった。

素直に、応接室へ行ってソファに横になる。

――明日、朝九時から子会社の幹部を集めて「演説」をしなくてはならない。出張や接待が続いて、その原稿を書く時間がなく、やっとなぐり書きのメモを作ったのが夜の十一時ごろ。

その伸男の字を読めるのは、邦子しかいない。――伸男は迷ったが、一旦帰宅していた邦子を呼び出したのである。

邦子はすぐに、

「今から参ります」

と言って、出社して来てくれた。

しかし――伸男はソファに横になって、天井をぼんやりと見上げながら思った。俺は、邦子をここへ呼びたかったのではないか。夜中の会社で、二人きりになってみたかったのではないか。

いや、違う！　どうしても、彼女に来てもらわないと仕事が……。

仕事……。仕事か。

伸男は、引越しの前夜、帰る邦子を送った車の中での、あのキスを忘れていない。

あれは……。そう、浮気というようなもんじゃない。

邦子は俺のことを好いていてくれるらしい。しかし、俺に妻子がいることも、もちろん承知だ。

今夜だって、俺に好意を持っているからこそ、いやな顔一つせずに来てくれているのだろうが、それ以上のことなど、決して望んではいない。

そうだとも……。

目を閉じて――伸男は眠っていた。スッと一瞬の内に引き込まれるように、眠っていたのである。

そして、どれくらい眠っただろう?

ふっと目を開けると……。部屋は暗かった。

どこだ?　ここは――。

起き上ろうとして、思い出した。そうだ。応接室で眠ってしまったんだ。

伸男はソファから起き出して、ドアの方へと手探りで進んだ。

明りを点けると、まぶしくて目をつい細くして……。

もう一つのソファに、邦子が寝ていた。

横になっているのではなく、浅くソファにかけて、腕を軽く組んだ格好で眠り込んでいる。

もちろん、伸男は邦子の寝顔など初めて見た。いつもとは別人のようで、少し口を開いて、あどけない。

腕時計を見た伸男は、もう朝の五時になっているのを知ってびっくりした。応接室には窓がないので、分らないのだ。

そのとき、邦子が顔を上げて、

「――あ、社長」

と、目を開けて言った。

「おはよう」

と、伸男が言うと、邦子は時計を見て、

「いけない！　すみません！　私――どうしよう」

と立ち上る。

「過ぎちまった時間は戻らないさ」

眠ったせいか、伸男は大分すっきりした気分である。

「お起ししようと思って……。あんまりぐっすり眠ってらっしゃるので……。つい、ほんの少し、と思ったんです。すみません」

「謝ることないさ。君も大変だったな、すまん」

「いいえ」

と、邦子は嬉しそうに言った。「ワープロは打ってあります」

「ありがとう」

「奥様が心配なさってますわ。お電話を――」

「朝の五時に？　却って起してしまう。大丈夫さ。こんなこともある」

伸男は、邦子の肩に手をかけ、二人はソファに並んで腰をおろした。

「私……一度帰ります」

と、邦子は言った。「この格好でずっといるわけにもいきませんし」

「うん……。今日は休んだらどうだ。九時に来るのは辛いよ」

「いえ……。打ち間違いがないか心配です。「あれを読まれるときは、聞いていたいんです」

邦子はそろそろと立って、「じゃあ……失礼して……」

邦子の手を、伸男は離さなかった。

「社長さん」

伸男が軽く引き寄せただけで、邦子は崩れるようにその腕の中にいた。

明りを消す余裕もなく、二人はソファの上であわただしく抱き合った。

外では、少しずつ空が白み始めていた。

夜中の家族

「もしもし、あなた?」

智春の声に、電話に出た伸男は一瞬言葉が出なかった。

「——うん。どうした?」

「いたのね。何も言わないんだもの」

と、智春は言った。「今夜は早く帰れそう?」

「いや……。たぶん無理だろう。仕事が山になってる。まあ、この間みたいに泊り込みってことはないと思うけどね」

伸男は、本間邦子がチラッと目を上げてこっちを見たのに気付いていた。目は合せなくても、小さな動きでもよく分る。

「そう。ちょっとお話ししたいこともあって。じゃ、夕飯は適当に食べるのね」

「ああ、そうなると思う」

「有貴もクラブとか言ってたし、でも、あの子は食べて来ても、また食べるのよね」

と、智春はちょっと笑って、「お義母様、会社へみえてるの?」

「いや、そう毎日は来ないさ。会議とかあるときだけだ」

「そう。――じゃ、帰るときは、できたら電話してね」

「ああ、分った。じゃあ……」

伸男は電話を切った。

本間邦子は、席を立つと、

「コピー室にいます」

と言って、社長室を出て行こうとした。

「本間君」

と、伸男は呼び止めて、「今夜は――早く済みそうか」

邦子は、振り返らずに、

「社長さんも……。今夜はお帰りになっても大丈夫でしょう」

「ああ。しかし――君といたいんだ」

邦子は、小さく振り向くと、

「用心なさって下さいね。奥様に……」

「ああ、分ってる。大丈夫だ」

「それじゃ……」

邦子は足早に出て行く。

伸男は、ゆっくりとお茶を飲んだ。——社長室に落ちついてから、本間邦子を秘書にしてそばに置くことにしたが、そのこと自体はごく自然で、誰も怪しみはしなかっただろう。

だが、母は——ちか子は、どう見ているか。邦子にもその後は何の話もないらしいから、何も知らずにいるのだろう。

何も知らずに……。

智春。——智春。

伸男には、智春を裏切っているという気持は、あまりなかった。社長という椅子にかかるストレス——想像もつかなかったほどの忙しさとプレッシャーの下で、邦子との情事は自分を取り戻す儀式のようだった。

邦子にも、伸男を奪おうという気などない。いや、少なくともそう言っている。

本心ではどうなのか。いずれにしても、伸男はその邦子の言葉に甘えているのだ。

邦子が戻って来て、

「社長」

と、目の前にツカツカとやって来た。

「何だ？」

「Kホテルを予約しました」

そう言って、邦子は笑った。

「何だ、怖い顔して何を言うのかと思った」

伸男はホッとして笑った。

そうだ。こうして笑っていられるから、俺は邦子が好きなのだ。

「これ、コピーです」

邦子はコピーの束を置いて、そのままかがみ込むと、素早く伸男にキスした。

「——口紅、拭いて下さいね」

伸男は苦笑して、ティッシュペーパーの箱へ手を伸した。


「——ただいま」

有貴は、玄関を上って、「お母さん?」

居間のドアが細く開いていた。いや、いつもなら開け放してあるはずだ。

有貴は、母の声が洩れて来ているのを聞いて、足を止めて聞き耳を立てた。

「——ええ。分ったわ。明日の三時ね。——ホテルS。——大丈夫。行けるから」

母がそう言って電話を切った。有貴は急いで玄関の方へ戻ると、

「ただいま!」

と、大きな声で言った。

「まあ。——びっくりした!」

と、智春が出てくる。「あんた、クラブで遅くなるんじゃなかったの」

「先輩が急に用事で。夕ご飯、何かある？」

「じゃ、少し待って。作るわよ」

と、智春は笑って、「電話の一本でも入れてくれたら、用意しといたのに」

「いいよ。そうお腹空いてるわけでもないしね」

今の電話。――誰と話していたのだろう。

明日三時。ホテルSか。

気にしてみても仕方ない。そう分ってはいても、有貴はつい考えてしまう。

あの男――水島からではないか、と。

有貴がそう思うのも、理由がないわけではなかった。

昨夜、電話がかかって有貴が出ると、相手は、

「もしもし」

と言っただけで、有貴の声を聞くとすぐに切ってしまったのだ。

母には、

「間違い電話」

と言っておいたが、後になって、あの声はきっと水島だと思い当った。

水島が、なぜここの番号を知っているのか。有貴はそこに気付いたとき、重苦しい気持

になった。

　このマンションの電話は、ごく限られた人しか知らない。もちろん電話帳にも載せていないし、番号案内もしていない。

　父の仕事用に、別に一本引いてあるので、この番号は純粋にプライベートなものだった。

　水島はそこへかけて来ている……。

　母が教えたのだとは思いたくなかった。母が、あんな男と……。

　たとえ一度は間違いがあったとしても、二度、三度となれば、それはもう「本気」ということだろう。

　もちろん、有貴にも母の心の中は覗けない。だが……。

　──明日、三時か。

　有貴は、夕食の席で、母の様子をさりげなく観察していた。

「有貴」

　と、智春が言った。

「うん」

「明日、お母さん、少し遅くなるかもしれないわ。夕ご飯は何か買って帰るつもりだけどね」

「そう……。何の用事？」

「色々ね。——おじいちゃんのこともあって、時間がかかりそうなの」

「具合、どうだって？」

「大分悪いみたいね。面倒みるといっても、おばあちゃんじゃ限度があるし」

「でも、まだ六十とちょっとでしょ、おじいちゃん？」

「そうなの。男の人って、仕事が失《な》くなるとだめね。もう少し自分でやりたいことがあれば良かったのに」

——実は、智春がふさぎ込んでいたのは、父のせいだった。

父は全く会社へ行かなくなってしまった。母が話しかけても、半分くらいしか分っていないらしいという。

母に電話で泣かれるし、智春としては気の重いことだった……。

明日、三時。智春は、内山寿子と待ち合せていたのだ。

例の百万円を渡すためである。——夫に話してから、と思っていたが、そんな話をするだけの時間が、今の伸男にはなかった。

伸男にその件を納得してもらうためには、自分がずっと内山寿子と付合って来たことから話さなくてはならない。

今、義父、沢柳徹男が倒れて、内山寿子の立場は微妙なものになっている。夫にどう話したものか、智春は考えていた。

百万円は、自分名義の定期預金をくずして作った。ともかく、どうしても明日には必要らしい。

寿子と会ってお金を渡し、母の所へ回るか。――そうすべきだとも思ったが、智春は自分が何か口実をつけて帰って来てしまうかもしれない、という気がしていた。

「もしもし、お兄ちゃん？」

若い男が出たので、有貴はてっきり浩士だと思って呼びかけた。「私、有貴よ」

向うは少しの間黙っていたが、

「――あ、ちょっと待って」

お兄ちゃんじゃない！　有貴は、誰が出たんだろう、と首をかしげた。

少し遅い時間だったが、浩士は一人暮しのはずだし大丈夫だろうと思って、自分の部屋でかけたのである。

「――もしもし、有貴ちゃんか」

浩士の声がして、有貴はホッとした。

「ごめん。お兄ちゃんだと思って」

「うん、友だちが来てるんだ」

と、浩士は言った。「元気かい？　新しいマンションだろ？　住み心地は？」

「まあまあね。大分広くなったの。遊びに来てね」

と、有貴は言った。「ね、一つお願いがあって」

「どうしたんだい？」

「お母さんのことなんだけど……。前に話したでしょ、水島って人のこと」

「うん。手紙を預かってる。その後、何か？」

「明日、お母さん、その男と会うらしいんだけど」

「明日？　どこで？」

有貴が、耳にした電話のことを話すと、

「——三時にホテルSだね」

と、浩士は言った。「分った。行ってみよう」

「そうしてくれる？」

有貴はホッとした。「私、自分で行きたいけど、学校あるし」

「有貴ちゃんは、あまり係《かかわ》り合わない方がいいよ。分ったね」

「うん。何があっても、ちゃんと後で教えてね」

と、有貴は念を押した。「——あ、お父さん、帰って来たみたい。それじゃ」

「有貴ちゃん」

と、浩士が急いで言った。「それから——僕は会社を辞めたんだ」

「え？」

有貴はびっくりした。——浩士が家を出て暮していることは母から聞いて知っていた。電話番号も母がメモしていたのを見て、こうしてかけているのだが……。

「じゃ、今はどこに勤めてるの？」

「まだ辞めたばかりでね。次の仕事はこれから捜すんだ。でも、このこと、姉さんに黙っててくれ。まだ話してないから」

「——分った」

有貴は釈然としない気持で電話を切った。コードレスの受話器を机に戻す。

浩士の様子がどことなくおかしいこと。それに有貴は気付いていた。もちろん、明日ホテルSへ行ってくれると聞いて嬉しかったが、なぜ急に会社を辞めたのか。何かよほど大変なことがあったとしか思えない。

それに——初めに電話に出た男の人は何だろう？

友だちが遊びに来ていると言ったが、もしそうならあんな風に電話を取るだろうか。

有貴には分らなかった……。

居間へ行くと、父がソファにぐったりとのびていた。

「お帰り」

「有貴。起きてるのか、まだ」

「そんなに遅くないよ、中学生にとっちゃ」

と、有貴は言ってやった。「お父さんこそ、毎晩遅いじゃない」

「仕方ないさ。社長といっても、忙しさだけがふえて、自分の時間は減る一方だ」

「明日、大阪ですって」

と、智春が言った。「早く寝た方がいいわ。お風呂、入ったら?」

「ああ。そうしよう」

仲男はネクタイを外すと、「お茶漬でも一杯ほしいな」

「仕度しとくわ」

智春が微笑んだ。「有貴、お風呂に熱いお湯、足して来て」

「うん」

智春も有貴も、そして仲男も、いつも以上に「仲よしの一家」を演じていた。そして三人それぞれに、別のことを考えていたのである。

カーテン

「しまった」

と、伸男が舌打ちした。

「どうかなさいました？」

と、一緒にハイヤーに乗っていた本間邦子がびっくりして伸男を見る。

「忘れ物をした。ちょっとうちへ寄って行けるかな」

邦子は腕時計へ目をやって、

「充分間に合います。まだお昼ですもの」

「そうか。こんなときは都心に住んでると助かるな。――ちょっとマンションへ回ってくれ」

と、運転手へ声をかける。

「何をお忘れになったんですか？」

「いや……。ちょっとね」

と、伸男は曖昧に言った。

車はわきの道へと曲って、伸男のマンションまで、ほんの十分ほどで着いてしまった。

「早いな。こんなに近いんだ、うちと会社が」

と、伸男は今さらのように驚いている。

車がマンションの前へ寄せると、

「君、ここで待ってるか」

「よろしければ、中を拝見しても?」

と、邦子は面白がっている口調で、「どんな風にしてらっしゃるのか、興味があります」

伸男は笑って、

「じゃ、行こう。散らかってるかもしれないぞ」

と、車を出た。

――大阪へ日帰りの出張である。帰りは夜中になるだろう。

本当なら一泊して来れば楽なのだが、予定が詰まっている。

二人は、エレベーターで上って行った。中で、ふと邦子が、

「奥様がまだ寝ておられるとか……」

と、伸男の顔を見た。

「いや、出かけてると思うよ。もしいても、君が一緒なのはちっともおかしくない」

「ええ……。それはそうですけど」

仲男にも、邦子がそういう意味で言ったのでないことは分っていた。智春がどう思うか心配でもあるだろうが、邦子自身が辛いのだ。

「チャイムを鳴らしてから入られた方が……」

玄関の鍵を開けている仲男に、邦子はそう言った。しかし、仲男は黙ってドアを開け、

「——大丈夫。出た後だ」

と、肯いて見せた。「上ってくれ。すぐすむ」

「何かお仕事のものですか」

「いや、歯ブラシだ」

「え？」

「食事の後、うちにある歯ブラシでみがいておきたいんだ。入れ歯はいやだからね」

邦子は、ちょっと面食らって、それから笑い出した。仲男も笑って、

「座っててくれ。すぐ戻る」

鞄《かばん》を居間へ置いて、仲男はバスルームへと急いだ。——歯ブラシを、いつも旅行のときに使うケースにしまって、ふと鏡の中を見る。

少し頰《ほお》がこけた感じで、光線の具合か、やつれて見え、自分でギクリとした。——もちろん、具合が悪いというわけではないのだ。

だが……俺は結局、社長の器じゃないのかもしれない。今さら言っても仕方のないこと

だが。

伸男は居間へ戻ろうとして、足を止めた。

邦子が寝室のドアを開けて、じっと中を見ている。

「――どうした」

と、伸男は邦子の肩に手をのせた。

「暗いのね」

「ああ。カーテンを開けてかなかったんだな。もともと、あんまり日当りのいい部屋じゃないんだ」

邦子が、ふっと体の重みを伸男の方へかけて、

「ゆうべ……奥さんと寝た？」

と訊いた。

「遅かったし、そんな元気は残ってないさ。――どうしたんだ」

伸男は、邦子をごく自然に腕の中に抱いていた。腕に力が入ると、邦子が息づくのが分る。

「もう、行きましょう」

「邦子――」

「列車に遅れます」

「遅い列車にすればいいんだろう？　充分間に合うだろう――」

「でも――。たぶん……。たぶん、三時ごろの列車なら……」

邦子は自分から伸男を抱きしめた。伸男は突然の熱風にあおられるように、邦子を抱き上げると、自分のベッドへ運んで、折れ重なるように倒れ込んだ。

「伸男さん――」

邦子が名を呼んで、それきりもう何も言わなかった。

時は渦巻くように流れて行って、二人が汗ばんだ肌を冷たく感じたのは、一時間近くたってからのことだった……。

「――大変」

と、邦子は起き上った。「もう出ないと。こんなにたったんだわ」

「大丈夫さ。三時の新幹線でいいんだろ？」

「誰がそんなこと言った？」

と、邦子は笑って、「とんでもない秘書ですね。でも……シャワーだけでも浴びないと」

「一緒に浴びよう」

伸男はベッドを出た。「ざっとでいい。このままじゃ風邪ひきそうだ」

二人は、急いでバスルームへ行き、手早く熱いシャワーを浴びた。

「すみません」

と、バスタオルで体を拭きながら、邦子は言った。「このタオルはどなたの?」

「娘のだ。干しとけば乾くさ」

「まあ。――でも、悪かったわ」

「ともかく、仕度しよう」

バスタオルを体に巻いて、二人はバスルームを出た。

邦子が足を止める。そして伸男は、どうして有貴がそこに立っているのか、分らなかった。

「――有貴。もう帰ったのか」

有貴は、制服のままだった。鞄が足下に落ちている。

「有貴。後で話す。今は急ぐんだ。――有貴」

有貴が駆け出して行き、玄関から飛び出して行く音がした。

伸男も邦子も、凍りつくような沈黙の中で立ちすくんでいた。――やがて、

「行きましょう」

と、邦子が言った。「仕事があります」

「うん」

二人は黙って寝室へ入り、服を着た。カーテンは、ついに開けられることがなかった。

三時、ホテルS。

——智春は、ロビーの時計を何度も確かめた。もう三時四十分。

内山寿子は姿を現わさない。

もちろん、子どもが小さいと、突発的に何かが起ることは珍しくない。しかし、そんなときでも何か連絡を入れてくるのが普通である。

どうしよう？　四時には用をすましてここを出るつもりだった。母に会いに行かなくては、と心を決めていたのだ。

ラウンジを何度も見回す。——もちろん、中だって気付かないわけはないが。

ウエイトレスがやって来て、

「沢柳様でいらっしゃいますか？」

「はい、そうです」

「ご伝言でございます」

と、メッセージを書いたメモを置いて行く。

やっぱり、何か急用でもできたんだわ。智春はそのメモを広げた。

〈ラウンジでは具合悪いので、このホテルの７０５号室へおいで下さい〉

かない。

——部屋を取った？　どうしてわざわざ？

智春は、ちょっとためらったが、ともかく百万円をバッグに入れたまま帰るわけにもいかない。

母も待っているのだ。お金を渡して、すぐに出よう。

支払いをすませると、智春はエレベーターで七階へと上った。——前日の客はチェックアウトし、今日の泊り客はほとんどまだチェックインしていない。静かな時間である。

〈705〉のプレートを見付け、チャイムを鳴らした。

しかし、なぜ寿子が部屋なんか取る必要があるのだろう？　首をかしげながら待っていると、ドアがカチリと開いて、細く開いたまま止った。中は明りが点いている。

「——寿子さん」

と、智春は言って、ドアを引いた。「寿子さん、私……」

中へ入った智春は、背後でドアが音をたてて閉じたのにびっくりして飛び上りそうになった。振り向くと、

「——いらっしゃい」

と、水島が言った。

智春は、呆然《ぼうぜん》として立っていた。

「そうびっくりしないで下さいよ」

と、水島は微笑んだ。「ずっと会いたくてたまらなかったんですよ、奥さん」

「――何してるんですか、ここで？」

やっと言葉が出た。「私を呼び出したのはあなた？」

「ええ。――ここへ入った以上、何もなくても、人はあったと思いますよ。奥さん、二、三時間のことだ。私に時間を下さいよ」

「やめて下さい！」

怒りで智春の顔が紅潮した。「恥というものを知らないんですか！」

水島は笑って、

「手厳しいな。しかし、奥さんだって、そういばれたもんじゃないと思いますがね。あの集会所では、結構恥を忘れてたでしょう」

智春はじっと水島をにらんで、

「あなたのような人の言いなりになると思ったら間違いです。あれは――確かに私のせいでもあります。でも、二度くり返すほど馬鹿ではありませんわ」

と、叩きつけるように、「どいて！　そこをどいて下さい」

水島は、ちょっと口を尖らして、

「せっかく部屋を取ったのに。――ま、どうしてもいやだとおっしゃるのなら」

と、ドアの前からどいて、「さあ、どうぞ。力ずくで、と思っても、本気で抵抗されたら、とてもかないませんからね」

いやにあっさりしている。智春は警戒して、

「もっと離れて下さい」

と、言った。

「はいはい」

水島は壁伝いに離れた。「――気は変りませんか」

「もちろんです」

智春はドアのノブをつかんだ。「もう二度と――」

そこまで言ったとき、突然明りが消えた。

ハッとして、一瞬立ちすくんだ。気を取り直してドアを開ける前に、智春は水島の腕に抱きしめられ、

「何するの！」

と、叫んでもがいた。

足がもつれ、床へ倒れ込む。――夢中だった。

水島がのしかかって来る。暗い中、二人は無言でもみ合った。互いの激しい息づかいだけが聞こえる。

思い切り振り回した手が水島の顔に当ったらしい。ひるんだ、と感じられて、智春は起き上った。水島の体が投げ出される。

どっちがドアだろう？　混乱していた。

カーテンの下から、かすかな光が洩れている。智春は、靴が脱げてしまって、裸足で立ち上った。

カーテンを開ければ明るくなる。——手を伸したとき、水島が飛びかかって来た。

一緒になって倒れた智春は、左手が何か家具の足らしいものに当るのを感じた。

「奥さん——」

水島が馬のりになって、智春の胸をつかむ。——あの夜の恐ろしい記憶がよみがえった。

伸した手が何か冷たい物をつかんだ。金属の手触りだった。

智春は、ともかくその「何か」をつかんで、水島の頭の辺りへ叩きつけた。ガン、と手応えがあって、低い呻《うめ》き声が聞こえる。

そして、智春は、突然自分の上の水島が、ぐったりと、倒れ込んで来るのを感じたのだった。

呼出し

玄関の戸が開いたままになっていた。

――どうしたんだろう？

智春は、そっと玄関へ入り、中の様子をうかがってみた。すると――母が急ぎ足で出て来て、

「智春！　ああ、びっくりした」

と、胸に手を当てる。「何とか言って入ってらっしゃいよ」

「だって、戸が開いてたのよ」

智春は戸を閉めて、「無用心だわ、気を付けないと」

「開いてた？　本当に？」

「うん」

母の顔がこわばる。智春もすぐに事態を察して、

「お父さんが……。見て来て、部屋を！」

と、母に言って再び外へ出る。

しかし、捜すまでもなかった。父がゆっくりと通りを歩いて来るのが目に入ったのである。

「お父さん！」

智春は急いで駆け寄った。「どこに行ってたの？」

智春は、父が裸足なのに気付いた。

「——智春。お前何してるんだ」

と、目をしばたたいて、「学校へ行かなきゃいかんぞ。学生はちゃんと学校へ行かなきゃ」

「お父さん、ともかく中へ——」

智春は、父を玄関へ押し込むようにして、戸を閉めた。母が立っていて、

「あなた！　どこへ行ってたの」

「何だ……。どうしたんだ」

と、父は当惑した様子で、「俺は手を洗おうと思ったんだ。どこなんだ、洗面所は？　分りにくい家だな、全く」

ブツブツ言って上ると、父は自分の体を持て余すような足どりで廊下を歩いて行く。

「お母さん、お父さんの足を拭いてあげないと」

智春は、重苦しい気分でそう言うと、茶の間に入って、座った。——外は黄昏《たそがれ》かけて、

明りの点いていない茶の間は、一足早く夜が来たようだった。

「——智春。明り、点ければいいのに」

母の万里子が入って来て、明りを点けた。

「お父さん、やっと——。どうしたの、智春？」

と、目をみはる。「けがしてるじゃないの」

智春は、初めて気付いた。首筋がひりひりと痛む。手を当ててみると、指に少し血がついて来た。

「大丈夫。何でもないのよ」

「すぐ、キズテープでも貼らなきゃ。持って来るから」

手当をしてくれる母を見ていて、智春はちょっと息をのんだ。髪が一気に白くなり、目立ってやつれていた。

「お前、忙しいんだろ」

と、万里子は言った。

「それはいいの。でも……お母さん、倒れちゃうわよ」

「夜中でも、ああしてフラッと出てってしまうの。止めたくても、力はあるしね。連れ戻すといったって……。私の力じゃ、どうにもならないよ」

智春は、このままでは遠からず母も参ってしまう、と思った。といって、自分に何ができるだろう？

「何とかしなきゃね」

と、智春は言った。「浩士に言って、うちへ戻るようにさせようか」

「それどころじゃないよ、きっと。あの子、会社を辞めたって」

智春は愕然とした。

「——本当？」

「今日、電話してみたら、もういないって……。クビだったみたいよ。あのことで、色々あったんじゃないの」

万里子の言い方は冷ややかだった。「恥ずかしいったら、ないわ。あんなみっともないこと……」

「お母さん。体に悪いわ。言っても仕方のないことよ」

「だって、お前が何もかもかぶって……。母さんだって、いつまでもつか」

智春は、胸苦しい気持で、口をつぐんでいた。——どんなに言ってやりたいか。「何も心配しないで。私に任せて」と……。

けれども……。

「——智春」

と、万里子が言った。「父さんを病院へ入れられない？　費用がかかることは分ってるけど……」

何といっても、智春は社長夫人なのだ。父親の入院費用ぐらい出しても、と――。母がそう思うのは当然だと、智春にも分っていた。だが、今の智春は、他に大きな問題を抱えていたのである。

「――分ったわ」

と、智春はしばらくしてから言った。「何とかするから。お母さんは心配しないで」

万里子の気持が、ホッと一気に緩むのが分った。

「そう？　悪いね。お前も何かと気がねだろうけど、他に頼る人もいないしね」

「うん。分ってる。――いいのよ」

ともかく、今だけでも母を安心させること。それが自分にできる最後の親孝行かもしれない、と智春は思っていた。

「――僕だ。今日帰るつもりだったが、話が長引いたので、こっちに泊る。明日は直接会社に行くから……。じゃ、おやすみ」

伸男は、受話器を置いた。

バスルームからは、本間邦子がシャワーを使っている音が聞こえてくる。

伸男は、ゆっくりと窓辺へと歩いて行った。夜の町のネオンサインが眼下に広がっている。

「――どうしました？」

と、声がして、振り向くと邦子が湯上りの匂いを漂わせながらバスローブを着て出て来た。

「ああ。――誰もいないから、留守電に入れといた」

「でも、それでいいんですか？」

「ああ。――仕方ないさ。有貴が話しているだろうし」

伸男は、ベッドにごろりと横になった。邦子はわきへ腰をかけて、

「奥様に申しわけないわ」

と言った。「でも――離したくない」

邦子が伸男の胸に身を任せる。伸男は邦子を抱きしめた。

「どうなるのかしら……」

と、邦子が囁くように言った。

「さあ……。僕にも見当がつかないよ。でも君のことは決して離さない」

お互いに、それがこの場限りの誓いかもしれないと分っていたが、それを口には出さなかった。今は幻を信じている必要があったのだ……。

「――お母様に」

と、邦子が体を起した。

「何だい？」

「明日は、お母様がおいでになる日です」

「そうか！　忘れてた」

と、伸男も起き上って、「ともかく、今からじゃ帰れない。電話を入れよう」

「ええ」

伸男は、母の所へ電話をかけた。邦子はその間に、ルームサービスのメニューを開いて眺めていた。

「――もしもし。母さん？　――うん。今日大阪へ来ててね。――そう、R社のことで。それで話が長引いて帰れなくなったから、泊ってくよ。明日の昼過ぎには――」

と、伸男が言いかけると、

「帰っておいで」

と、沢柳ちか子は言った。「車ででも、帰れないことはないだろ」

伸男は戸惑って、

「うん、それは……。でも、どうして――」

「あの人は一緒？」

「あの人？」

「本間邦子だよ。今、そこにいるのね」

伸男は、否定しようとしたが、思い直して、

「うん。ここにいる」

と言った。「母さん、彼女のことは——」

「勘違いしないで。文句を言ってるんじゃないの。大変なことになったのよ」

ちか子の口調は、しかし、少しも取り乱してはいなかった。

「何か……あったの」

「お前、水島って男を知ってるかい」

「水島？　それは、もしかして……」

伸男は、そばへやって来た邦子と目を合せた。

「そう。智春さんと噂のあった男よ」

「その水島がどうしたの！」

「殺されたの」

——伸男は、邦子の方へ、

「水島が殺されたって」

と言っていたが、それがどうしたというのか、さっぱり分らなかった。

「——伸男、聞いてる？」

「うん。でも、それがどうしたの？」

「水島はね、ホテルの部屋で殺されていたの。その部屋から女が逃げるのを、ホテルのボーイが見ているのよ」

「それが……。母さん、まさか――」

伸男は、その先の言葉をのみ込んでしまった。そんなことはあり得ない。そう、もちろん、あるはずがない。

「まだ捕まってないけどね、犯人は。それが智春さんだったら？」

伸男は、何も言えなかった。邦子は不安そうに寄り添う。

「ともかく帰っておいで」

と、ちか子が言った。「もし、智春さんがやったとしたら、大変なことになるよ」

「母さん……」

「私の所へおいで。いいね。何時になってもいいから。待ってるよ」

ちか子は電話を切った。

伸男は、呆然として邦子の方を見ていた。――邦子は、洩れ聞いた言葉だけで大体のことを察したらしい。

「車を頼みましょう。フロントへかけます」

と、伸男の手から受話器を取って、言った。

玄関のドアを開けて、智春は戸惑った。

ずいぶん遅くはなったが、ともかく帰って来た。——しかし、部屋は暗いままで、明りを点けて、有貴も帰っていないことを知ると、智春は心配になった。

留守番電話のランプが点滅しているのを見てボタンを押すと、夫が今夜は大阪へ泊ると吹き込んでいた。しかし、有貴からの連絡はない。

有貴の部屋へ行ってみたが、メモらしいものもない。居間へ戻ろうとして、智春は有貴の鞄が廊下に落ちているのに気付いた。

では、帰って来たのだ。——どこへ行ったのだろう？

制服は見当らない。友だちとどこかへ出かけるのなら、着替えくらいして行きそうだ。

夫へ連絡したいと思ったが、どこのホテルに泊っているのか、分らなかった。

智春は、ともかく有貴の友だちの家に電話してみよう、と思った。——有貴は黙って友だちの所へ泊ってくることなど、したことがない。

事故にでも遭ったのか……。智春は、気が気ではなかった。

学校の名簿を持って来て、居間のソファに座り、電話へ手を伸したとき、チャイムが鳴った。

有貴だろう。——ホッとしながらインタホンに出ると、

「奥さんですね」

と、女性の声。

「どなたですか」

「奈良敏子です」

「まあ……。何か？」

「すぐ仕度して、おいでになって下さい」

と、敏子は事務的な声で言った。

「何のご用？　今は出られないの」

「ちか子様がお呼びですから」

「え？」

「水島という人が殺された件で。下でお待ちしてます。すぐいらして下さい」

智春は、しばし言葉が出なかった。

今のは——幻だったのか？　いや、そうではない。ちか子が呼んでいる。行かないわけにはいかなかった。

智春は、心を残しながら部屋を出た。——すぐ後に、居間に電話の鳴る音が響いたが、智春の耳には届かなかったのである。

決　意

「お入りなさい」

と、沢柳ちか子が言った。

智春は、沢柳家の居間へ、もちろん何度も入ったことがある。――しかし、まるで今、初めて足を踏み入れるような気がした。その気持は、以前に――ずっと以前に知っていた気持のように思えた。

いつだったろう？　すぐには思い出せない。

「座って」

と促され、智春はソファにそっと腰をおろした。

「ご苦労さま」

と、ちか子は奈良敏子に言った。「あなたはもう帰っていいわ」

敏子が当惑した様子で、

「でも――何かご用がおありのときは……」

「ここには使用人もいます。ご主人が待っているでしょ。帰りなさい」

ちか子の言い方は、穏やかだが、逆らうことを許さないものだった。敏子は黙って一礼すると、出て行った。

ちか子は少し待ってから、

「一生不満を抱いて生きるのね、ああいう人は。でも、そこから飛び出す勇気もない。結局、人の不幸を楽しみにするしか、暇を潰す方法がないのよ。――智春さん、何か飲む？」

「いえ……」

と、智春は首を振って、「有貴が戻っていなくて。心配なんです」

「あの子は大丈夫。しっかり者よ。一人でちゃんと生きて行ける」

一人で？――智春は、じっと義母の顔を見つめたが、そこからは何も読み取ることができなかった。

「智春さん」

と、ちか子は言った。「水島とかいう男、知っているわね」

智春は、ちか子が奈良敏子の口から何もかも聞いているに違いないと察していた。否定しても仕方ない。

「はい」

と、肯く。

「あなたと噂のあった、エアロビクスの教師――。そうね？」

「はい」

「今日の午後、水島が殺されたわ。頭を殴られて。ホテルのボーイが、その部屋から飛び出して来た女とぶつかりそうになって、その女の服装や様子を憶えているそうよ」

ルームサービスのワゴンを押していた、あのボーイ。——智春がワゴンの角で腰を打ったので、

「おけがはございませんか」

と、気づかってくれた……。

「あなたがやったのね」

と、ちか子は静かに、しかしはっきりと言った。

智春は、ちか子の視線を受け止めていられなかった。目を伏せたのは、肯定したのと同じだ。

「——水島と二人で部屋にいたということは、噂が本当だったということね？」

「お義母様——。確かに、一度だけ、あの水島と間違いがありました。奈良さんが見ていたときです。でも、そのときはひどく酔っていて、ぼんやりしていて……」

「言いわけはいりません」

と、ちか子は遮った。

「でも……。ホテルの部屋には騙《だま》されて行ったんです。水島がいるとは思わず……」

「私もね、この年齢《とし》までむだに生きて来たわけじゃありません。——あなたが正直な人だということは分っているつもり」

と、ちか子は言った。「あなたは本当のことを言っていると思いますよ」

「ありがとうございます」

と、智春は少し体の張りつめたものが薄れるのを感じた。

「でも、誤解しないでほしいんだけど」

と、ちか子は続けて、「私は、あなたが水島という男と親しくしていたとしても——相手を選んでほしいとは思いますけどね——別に責めるつもりはないの。伸男とあなたのことは、夫婦の問題ですからね」

「伸男さんは大阪に——」

「ええ、知ってます。本間邦子と二人でね」

ちか子の言い方に、智春は、思わず、

「——お義母様。本間さんと伸男さんの間に何かある、とおっしゃるんですか」

と訊いていた。

「もちろんよ。知らなかったの？」

ちか子は、当り前の口調で言った。「それより、警察は遠からずあなたのことを調べ出すでしょう。もちろん、部屋にはあなたの指紋も残っているだろうし。どうするつもり？」

智春は混乱していた。水島を殴り殺したことなど、夫と本間邦子のことに比べればどうでもいいような気がした。

「お義母様……」

「警察へ連れて行かれて、取り調べを受けて、留置場で眠る？　――言っておきますけどね、息子の嫁がそんなことになるのを見るくらいなら、死んだ方がましだわ。しかも、あの子は会社をこれから担っていくんですよ。あなたが逮捕されたら、道義的な責任を取って、あの子は辞めなくてはならないでしょう」

ちか子の視線は鋭く智春を射た。――血の気のひいた顔で、智春は義母を見て、

「伸男さんと別れろとおっしゃるんですね」

ちか子は首を振って、

「あの子はやさしいし、あなたに対して悪いことをしていると思ってるから、決して別れようとはしないでしょう」

「では……私が黙って出て行けば？」

「有貴を捨てて？　逃げられると思ってるの？　手配されたら同じことでしょう」

有貴。――そうだった！

有貴が「人殺しの娘」と言われることになる。そんなことが……。自分はどんなことにでも、堪えていけるとしても。

どんなことにでも？　もう有貴にも会えなくなる。親とも思ってくれなくなるだろう。

「──どうしたの？」

と、ちか子が智春の表情をうかがう。

「お義母様……。それなら、私が死ねばよろしいんですね」

と言って、智春はちか子の返事を待った。

しかし、ちか子は少しも表情を動かさず、ただ黙って智春を見ている。智春は、自分の言葉が正しいことを知った。

「でも、お義母様……。私が死んでも、私のしたことは分ってしまいます」

「死ねば、世間はあなたを責めないわ。水島という男にも、殺されるだけのことがあったと言われるでしょう。それに──有貴もあなたを憎みはしないわ」

死ねば……。そう。たとえその気でなかったとしても、人を殺したのだ。ある程度の罪は覚悟しなければなるまい。

お母さん……。母は──。どうなるだろう？　娘が、「社長夫人」の座から突然「殺人犯」になったら……。

お母さん。──お母さん。

智春はパッと立ち上ると、居間の中を歩き回り始めた。自分の考えていることの辛さから逃げ出そうとするかのように。

智春は、まるでこの居間から一歩も出られなくなった動物のように、くり返しくり返し、ソファの周囲を巡った。ちか子はただ黙ってそれを見ているだけだ。

――どれくらいたったのだろう。

立ったときと同じように、智春は唐突に足を止め、

「お願いがあります」

と、言った。「父が――ぼけ始めていて、長く入院することになるでしょう。母にはとても面倒を見きれません。でも、実家にはそれだけの余裕はないんです。私が死ねば――。私がいなければ、どうにもなりません」

智春は、ちか子の方へ一歩進み出て、

「私が死んだ後、父と母の面倒を見て下さいますか」

「――ええ」

と、ちか子が肯いた。

「死ぬまで、見ていただけますか」

「約束します」

「分りました」

智春は両手を無意識に組み合せて、「伸男さんと有貴のことも……」

言葉は続かなかった。智春は出て行こうとした。ちか子が、腰を浮かして、

「どこへ行くの？」

智春は、ドアを開けたまま、

「家で――死にたいんです。有貴には、何か一言書き遺《のこ》しておきたいし……」

「送らせましょう」

ちか子の言葉に振り向いた智春は、思い出した。さっき感じた気持は、初めてここでちか子に会ったとき、伸男が結婚相手として紹介したときに味わったものと同じだ……。

「帰れます。一人で」

と、智春は言った。「ご心配いりません。ちゃんと死ねますから、私」

智春は、それきり何も言わずに玄関へと急いだ。――急ぎたいわけではないのに、足が速まっていた。

ちか子は、長いこと身じろぎもせず、ソファに座っていた。

何時間たったか。玄関で物音がして、

「母さん」

と、伸男が入って来た。「いたの」

本間邦子が、伸男の後ろに立っている。

「かけなさい」

と、ちか子は疲れたように言った。

「智春がやったの？　本当に？」

「自分でそう認めたよ」

「――いつ？」

「さっき、ここでね」

伸男は、呆然として邦子と顔を見合せた。

「で――智春は？　途中、電話したけど誰も出ないんだ。うちへ帰ってみるよ」

「伸男。聞きなさい」

と、ちか子は言った。「あなたたちはここにいるのよ」

「どうして？」

「智春さんに時間をあげるの。どうしたらいいか考える時間をね」

ちか子が時計を見る。――邦子は不安げに伸男の肩に手をかけた。


「――もしもし」

おずおずと言うと、すぐに、

「有貴ちゃんか！」

と、浩士の声が聞こえた。

「お兄ちゃん……。いてくれて良かった」

「有貴ちゃん。家じゃないね？　声が違う。どこからかけてる？」

「公衆電話。――タクシーでここまで来たけど、お兄ちゃんの所、分んないし」

「何だって？　どこだい、今？」

有貴は、電話ボックスの外の信号へ目をやって、

「〈N町二丁目〉って、信号に」

「ああ。じゃ、五分くらいの所だ。そこの電話ボックス？　じゃ、すぐ行くよ。じっとしてるんだ。いいね」

「うん……」

有貴は嬉しかった。浩士は何も訊かずに、すぐに駆けつけて来てくれる。

電話ボックスの中にいると、何だか別の世界へ来て、現実を眺めているような気分になる。――現実か！

お母さんは水島と。お父さんはあの女と――。秘書と社長？　TVドラマだって、そんなの流行《はや》んないよ！

有貴は、汚れて白くなったガラスにもたれた。

お兄ちゃん……。早く来ないかな、と有貴は口の中で呟いていた。

智春は、やっと家へ辿《たど》り着いた。──深夜のせいで、却ってタクシーが拾いにくかったのである。

来たのが空車でないと分ると、智春はホッとしたりしていたが、でもとうとう帰り着いてしまった。

玄関を上ろうとして、ふと振り向き、ドアチェーンをかける。

──居間を覗き、寝室を覗いた。

夫か有貴が、もしかして帰ってはいないか、と思って。

でも、誰もいない。一人きりなのだ。おあつらえ向きに。死ぬにはぴったりだ。

智春は、留守番電話のメッセージランプが点滅しているのを見て、有貴かもしれない、と思った。再生してみると、

「──僕だ」

と、伸男の声が入っていた。「今、東京へ戻る途中だ。またかける」

あの人が……帰って来る？

智春は、夫が帰る前に、何もかもすませておかなくては、と思った。突然、死は現実の問題になったのだ。

旅立ち

沈黙は、耐え難いほど重くなって、伸男たちの上にのしかかった。

「母さん……」

と、伸男は言いかけたが、途中で言葉をのみ込むと、立ち上って、「ちょっと、トイレに行ってくる」

と、居間を出て行った。

残った本間邦子は、伸男が居間から離れるのを待って、口を開いた。

「教えて下さい。何があったんでしょうか」

ちか子は、厳しい表情で邦子を見た。

「私がどうしろと言ったわけじゃありませんよ。智春さんが自分で決めたことです」

ちか子の言葉を、邦子は自分の中で、くり返してみた。その意味するところは、一つしかない。

「それは……智春様が死のうとなさっている、ということですか。——そうですね」

声が震えた。「そんなひどいこと！」

「殺人罪で捕まるのと、どっちがいいか。あの人が自分で選んだのです。会社のためにも、それが一番いい道です」

「じゃ……もう智春様は……」

「さあ。家で死にたいと言って、帰って行ったけど。――伸男が戻って来ないか、見ていて」

と、ちか子が、電話へ手を伸す。

邦子は青ざめた顔でそれを見ていた。

もう智春が死んだかどうか、確かめようというのだ！　邦子はゾッとした。平然とそんなことができるちか子を、恐ろしいと思った。

ちか子は、邦子の方をちょっと見て、

「あなたにとっても、悪いことじゃないでしょう。伸男を愛しているのなら」

伸男を愛している……。そう、もちろんだ。智春がいなくなれば、伸男は邦子一人のものになる……。

ちか子がプッシュホンのボタンを押した。

「――もしもし」

と、ちか子は言った。「智春さん、いたのね。――いえ、今ここに伸男と本間邦子さんがいるの。何か話したいことでもあるかと思って」

しばらく、向うは何も言わなかったらしい。

「――もしもし？　――そう。じゃ、何も言わないでおきます。――ええ、分ったわ」

ちか子は電話を切って、邦子の方へ、

「有貴に手紙を書いていると言ってたわ。朝までには、何もかも終るでしょう」

そこへ伸男が戻って来た。

「――母さん、何か食べるものないかな。腹空いちゃったよ」

「何かあるでしょう」

ちか子は微笑んで立ち上ると、台所へと出て行った。伸男は、ソファで伸びをした。

「疲れたな。――何か話したかい？」

と、小声で邦子に訊いたが、邦子が立ち上るのを見て、「どこに行くんだ？」

「帰ります」

と、邦子は言った。「ここにいるのは……息苦しくてたまらないんです」

「朝になったら僕が送ってくよ。少し横になったら？」

「いえ……。大丈夫です。ここにいらして下さい」

邦子はそう言うと、駆けるような足どりで居間を出て、玄関から表へ飛び出して行った。

智春は震える手で受話器を戻した。

何という人だろう。——智春がもう死んだかどうか、確かめようとしたのだ。

智春の中に激しい怒りが湧き上ってくる。

——怒り？　いや、それは怒りでもあり、諦めでもあるような、奇妙な感情だった。

自分の選んだ道が、最良の道かどうか、自信はない。しかしはっきりしているのは、もし生きていれば、自分だけでなく、有貴も両親も大きな犠牲を強いられるということである。

もう迷うまい。決めたことなのだ。——ほんの一瞬で、すべては終るだろう。

智春は、有貴にあてた手紙を、何度も書いては破り捨てていた。母親の死を、十三歳の有貴がどう受け止めるか、智春にも予知できないところだった。

何を書いても、それが夫や義母への恨みになってしまうような気がして、手が止る。

有貴は、母を失えば、いやでもあの祖母の所で暮すことになるだろう。そのとき、祖母への憎しみを抱いていたりしたら、有貴にとっても不幸だ。

——結局、智春は便せん一枚に、簡単に、

〈さようなら、有貴。お母さんを許して下さい。あなたの幸せを祈っています。母〉

とだけ書いた。

そうだ。私の言いたいことは――本当に言いたいことは、それだけだ。

智春は、その手紙を居間のテーブルの上に置くと、寝室へ行こうとして、ふと電話の方を振り向いた。

念を押されることはありませんわ、お義母様。ちゃんと死んでご覧に入れますから、私。世間の同情をひくように。

智春は、一瞬ためらってから、電話の通話ボタンを押し、外からかかって来てもつながらないようにして、寝室へと入って行った。

――睡眠薬も、刃物も手近にはない。

物入れにあった荷作り用の紐《ひも》が、幅も広く、丈夫そうだったので、それに決めていた。といっても、輪を作って、それが強く引いても解けないようにするのは厄介だった。

それだけではない。紐をどこにかけるか。自分の体重をかけても落ちて来ないような、がっしりとした金具は、ほとんど見当らなかった。照明器具をかけるフックは天井に付けてあったが、人一人の重さに堪えられるとは思えない。

智春は、マンションの中を、死に場所を捜してぐるぐると歩き回ることになった。何だか間の抜けた光景のようで、自分でも苦笑していた……。

車が一台走って来て、電話ボックスの前に立っている有貴のそばへ寄せて停った。

「――お兄ちゃん！」

有貴は、浩士がドアを開けて出て来るのを見て、びっくりした。

「待ったかい？」

浩士は、いつになく厳しい表情をしていた。

「大して。――ごめんね、急にやって来て」

「そんなことはいいけど……。姉さんは？」

「お母さん？　知らない」

と、有貴は首を振った。

「電話してみよう」

浩士が電話ボックスに急いで入る。有貴は扉を開けたまま押えていたが、ふと車の中を覗くと、運転席にいるのは見たことのない若者で、有貴と目が合うと、少し照れたように微笑んで会釈した。

「――お話し中だ。何度かけても」

と、浩士が言った。「心配だな。行ってみよう」

「うちへ帰るの？　いやだ、私！」

「姉さんがどうしてるか心配なんだ」

「どうして、お母さんが？」

浩士は有貴を見つめて、

「知らないのか？　水島が殺されたのを」

「水島って、あの？　でも――」

「ともかく行ってみよう。話は車の中だ」

浩士は有貴を車の後部座席へ押し込むと、自分は助手席へ乗って、あの若者へ言った。

「急いでくれ。いやな予感がする」

車が猛烈なスピードで走り出し、有貴はびっくりした。浩士が振り向いて、

「大丈夫だよ。運転の腕は確かだから、こいつ」

「お兄ちゃん……。話して。何があったの？」

と、有貴は身をのり出して言った。


仕度がすんだとき、智春はじっとりと汗をかいていた。

紐はベランダへ出るガラス扉の換気用の小窓を開けて、そのアルミのサッシに結びつけ、長く引張って来て、エアコンを取り付けるために壁に打ち込んである太いボルトに引っかけて、輪を下げた。高さを調節するのも、容易ではなかった。

ダイニングの椅子を持って来て、その下に置く。壁につける格好になるが、何とかなるだろう。

智春はスリッパを脱いで椅子に上ると、輪に頭をくぐらせようとして少し苦労した。大丈夫。何とか通った。——後は椅子を自分でけり倒せば、それですむ。

夫も、たぶん本間邦子と幸せにやってくれるだろう。少なくとも、殺人犯を妻にしているよりはましだろう。義母にとっては、これで会社に傷がつくのを最小限に止められる。

有貴は？　——有貴はまだ子供だ。やがて悲しみも消え、智春のことを忘れていくだろう。父と母は……。もう考えまい。何もかも手遅れだ……。

玄関の方で、カチャッと音がした。智春がハッとして、足下の椅子が揺れた。ストッキングをはいた足が滑って、椅子から外れる。そして、ゆっくりと椅子は倒れた。

「お母さん！　——開けて！」

有貴は呼んだ。ドアチェーンがかかっている。

「どいて！」

浩士が力任せにドアを引いたが、チェーンはびくともするものではなかった。

「姉さん！　——いたら返事して！」

二人は顔を見合せた。不安が募って、有貴は更に大声で、

「お母さん！　——お母さん！」

と隙間から呼んだ。「どうしよう？」

そこへ、バタバタと足音がした。振り返ると、消防士のような制服の男が二人、駆けて来る。

「自殺しようとしていると通報があって。ここですか？」

「チェーンがかかってるんです」

と、浩士が言った。

「分りました。任せて」

浩士は、泣き出している有貴の肩を抱いて退《さ》がった。チェーンは簡単に切断され、ドアが大きく開く。――有貴は、その瞬間、浩士の手をしっかりと握りしめた。

有貴は顔を上げた。

もう、大分明るい。いや、逆に暗くなるころなのか。

病院の中では、時間の流れが外とは違うようだった。

気が付くと、浩士が同じ長椅子に座っていない。さっき、父の弟、良二が若い女の人を連れて駆けつけて来てくれたが、何か話でもしているのだろうか。人気のない廊下の向うで、人の声がした。有貴が立って行くと、

「嘘です！」

という叫ぶような女の声が聞こえた。

有貴は覗き込んでみた。

「僕は見ていたんだ」

浩士が言った。「ホテルの部屋から、姉が飛び出して来て、その後少ししてこの人が出て来ました。ひどく怯《おび》えて、青くなっていた。手をハンカチで懸命に拭いていました」

――そこに立っていたのは、ちか子、伸男、良二たちと浩士と、そしてもう一人、有貴が、社宅の玄関に手紙を入れようとしているのを見た、奈良敏子だった。

「水島を殺したのはあなたなの？」

ちか子の鋭い口調は、敏子を震え上らせた。

「奥様……」

「言いなさい！」

敏子は震えながら言った。

「私、部屋の中で隠れて見ていたんです。あの男は……けがさせられたと……ひどく怒って……。私を脅したんです。自分が殺されるか、と怖くて……。夢中で……殺す気じゃなかったんです！」

敏子は、廊下に座り込んで泣き出した。

「――何てことだ」

伸男が放心したように呟いた。「母さんは水島を殺してもいない智春を……」

「私はね、会社のためを思っただけよ」

ちか子はそう言って、大きく息を吸い込むと、ことさらに胸を張って、「帰るよ」と、足早に立ち去った。

有貴は、父が呆然と立ちすくんで、まるで子供のように、どうしていいか分らずにいるのを見て、怒りよりも、悲しみを感じた。死んで、夫や娘を救おうと決心した母が、哀れだった。

「お嬢様」

振り向くと、本間邦子が立っていた。

「あなたが通報してくれたんですね。ありがとう」

と、有貴が礼を言うと、

「いえ……。そんなことで許していただけるとは思っていません」

と、邦子は言った。「それで――お母様の具合は?」

「まだ助かるかどうか、何とも言えないって……。でも、私、死なせない。絶対に、私が、お母さんのこと、死なせたりしない!」

有貴は、頰を紅潮させ、力強く言った。

真直ぐに病室のドアを見つめる有貴の輝く目から、涙が一粒、滑らかな頰を落ちて行った。

解説

山前　譲

平凡――そこにはちょっとネガティブなイメージがあるかもしれない。もっと日常に刺激が欲しいと思っている人は多いかもしれない。しかし、そんな平凡な日常がいかに大切であるか……。

この『夜に迷って』のメイン・キャラクターである沢柳智春《ちはる》の日常は、まさに平凡そのものだった。サラリーマンの夫の伸男は課長補佐だが、父親がその会社の社長なので将来は約束されている。今は社宅暮らしだが、そこで培われる人間関係も将来を見据えてのものだった。経済的にはなんの不安もない。十三歳になるひとり娘の有貴《ゆき》は、名門の女子大付属中学校に通っている。元気溌剌で、母親としてなにも心配することはなかった。

だが、そんな智春の平凡な日常にさざ波が立ってくる。それは彼女の社会的なアイデンティティを揺るがすものだった……。

日常がいかに貴重なものであるのか。それを実感するのは、当然ながら、予想もしなかったことで日常が乱されたときだろう。ともすれば退屈とさえ思ってしまう日常が、いろいろなことが切っ掛けでいとも簡単に崩れていく。当たり前だと思っていた日常が、じつは脆弱な基盤のうえに成り立っていたことを知る時が突然訪れたりするのだ。近年、そんな日常の崩壊がとりたててレアなケースではなくなっていることを、多くの人が実感しているのではないだろうか。

何十年に一度と言われるような豪雨が、毎年、日本各地に災害をもたらしている。強烈な暴風雨を伴った台風が、毎年何回も、日本各地を襲っている。そんな自然災害によって崩された日常の再建は、簡単なことではない。災害の被害者には高齢者が多く、犠牲者が出てしまうとそれぞれの日常が、そして家族の絆が分断されてしまう。日々の生活の基本として享受していた日常が、いかに脆いものかを痛感することがこのところ多い。

大地震や火山の噴火といった天変地異は、気象現象や土砂災害よりももっと予測が不可能な事象だ。その影響は計り知れず、たとえ備えが万全であったとしても、我々の日常は大きく乱されてしまう。そして、新たな感染症になすすべもなく、我々の日常が一変してしまうこともある。

数多い赤川作品のなかには、こうした危機的な事態による日常の崩壊を描いた作品が数多くあった。『夜』（一九八三）は大地震が新興住宅地を孤立させている。『おだやかな隣人』（一九八九）は郊外のさびしい分譲地に住む家族の日常が、隣に引っ越してきた一家によって乱されていく。『森がわたしを呼んでいる』（二〇〇四）は、目ざめたら自宅がとんでもない深い森に囲まれていたという、とりわけ非日常的な展開だった。

静かな湖面に大きな石を投げ込むような、まるで竜巻のような日常の攪拌は、エンタテインメントの発端としてはよくあるものだろう。一方で、この『夜に迷って』の沢柳智春のように、外的に大きな刺激があったわけではないのに、日常が徐々に崩れていく赤川作品もある。

智春の日常は端から見ればじつに恵まれているものだったろう。社長の息子の嫁として、気をつかうことは多かったにしても、智春は家庭をしっかり支えていた。そのまさに平穏としか言いようのない日常をかき乱す小石が、投げ込まれた。通っていたエアロビクス教室のコーチとの、よからぬ関係の噂が社宅内で広まっていくのである。

さらに、次々と問題が智春に押し寄せる。実父は定年後の再就職になかなかなじまないらしい。夫の父、つまり社長が愛人の子供の教育問題を相談してくる。そして婚約不履行だと問い詰められる弟――家族にまつわるさまざまなトラブルが、智春の日常に渦巻いていくのである。そして夫の日常にもある波紋が……。バランスが保たれていた智春を中心とした人間関係に、歪みが生じ始めるのだった。それは智春の心を乱していくのである。

中公文庫既刊の『静かなる良人《おっと》』(一九八三)や『いつもの寄り道』(一九八七)は、夫の死が妻の日常を一変させていた。『明日を殺さないで』(一九八五)でも新婚夫婦の夫が殺されている。『裏口は開いていますか?』(一九八二)は裏口にあった見知らぬ男の死体が平凡なサラリーマン一家を戸惑わせていた。『万有引力の殺意』（一九八八）は団地で死んだセールスマンがある一家に不安を駆り立てている。『ホーム・スイートホーム』（一九九三）は家族それぞれにトラブルが舞い込んでいた。『非武装地帯』（一九九八）はなんとようやく得た新居に銃弾が飛び交い、四人家族があたふたしている。

そうした意外性たっぷりの石が水面に投げ込まれての、家族内のさまざまな波紋はいかにも赤川作品らしいものだ。ただ、そこまでは大きな石ではない小石がもたらす、ささやかな波紋がある家族の日常を揺るがしていく物語もまたたくさんある。

カルチャースクールを渡り歩いている妻を主人公にした『フルコース夫人の冒険』（一九八九）、平凡なサラリーマン一家が子育てに奮闘している『ハ長調のポートレート』（一九九〇）、引っ越しによる思わぬ再会が過去を甦らせた『隣の芝生にご用心』（一九九四）、企業の隠蔽体質がある家族に混乱を招く『明日に手紙を』（一九九八）といった長編では、平凡な日常がちょっとしたことで崩れていく。また、『家族カタログ』（一九九五）は父、母、姉、弟という普通の家庭がいろいろな事件（！）に巻き込まれている。

映画化も話題となった『ふたり』（一九八九）とその続編の『いもうと』（二〇一九）は、この『夜に迷って』と並走していると言えるだろう。ストーリーを詳しく語るわけにはいかないが、二作を続けて読めば『夜に迷って』と同様に、いかに日常が大切であるかを痛感するに違いない。

それにしても、家族の日常にまつわる赤川作品のなかでも、この『夜に迷って』はとりわけ深刻な物語である。智春の日常は、急な坂道を転がり落ちるかのように、どんどん崩れていく。それはまさに迷走と言っていいだろう。

『夜に迷って』は一九九四年十二月に光文社より刊行された。そして一九九七年五月に光文社文庫として刊行された際に解説を書いたのだが、その頃はまだ今のようにSNSが浸透していなかった。だから、ここでの噂の拡散はかなり緩やかなものに思えるかもしれない。今ならもっと短時間に、そして広範囲に広まってしまうことだろう。しかし、家族の絆の堅固さ、そして危うさはSNSとは関係ない。社会のもっとも基本となる人間関係であることに変わりはないはずだ。智春の苦しみが切々と迫ってくるに違いない。

初刊本にこのような「著者のことば」が付されていた。

ほんの一歩だけ道を踏み外したことで、すべてがおかしくなっていく。そんなことが世の中にはある。

TVや週刊誌をにぎわすスキャンダルを、自分とは無縁のものだと思って眺めている人も、ある日突然、自分が見られる立場になるかもしれない。この小説のヒロインのように。——そのとき彼女がどう決意をしたか。

最後の選択に共感を覚えていただければ幸いである。そして、明日出かけるときには、ちょっと用心を……。

この『夜に迷って』のエンディングは、「まさかこんなことに」と思ってしまうようなものではないだろうか。いくらなんでもそれでは、智春が可哀想ではないか。そうした読後感を多くの読者は抱くに違いない。

しかし、智春の物語はこの『夜に迷って』で終わってはいないのである。じつはまた別の視点からの続編として『夜の終りに』（一九九七）が書かれているのだ。そこでは智春の、そして智春の家族の新たな日常が描かれている。ぜひとも手にとっていただきたい。

（やままえ・ゆずる　推理小説研究家）

『夜に迷って』一九九七年五月（光文社文庫）

中公文庫

夜《よる》に迷《まよ》って

2020年8月25日　初版発行

著　者　赤《あか》川《がわ》 次《じ》郎《ろう》

発行者　松田陽三

発行所　中央公論新社
〒100-8152　東京都千代田区大手町1-7-1
電話　販売 03-5299-1730　編集 03-5299-1890
URL http://www.chuko.co.jp/

DTP　ハンズ・ミケ
印　刷　三晃印刷
製　本　小泉製本

Published by CHUOKORON-SHINSHA, INC.
Printed in Japan　ISBN978-4-12-206915-2 C1193

各書目の下段の数字はISBNコードです。978－4－12が省略してあります。

中公文庫既刊より

あ-10-9
終電へ三〇歩
赤川次郎
リストラされた係長、夫の暴力に悩む主婦、駆け落ちした高校生カップル……。駅前ですれ違った他人同士の思惑が絡んで転がって、事件が起きる！
205913-9

あ-10-10
静かなる良人　新装版
赤川次郎
浮気をして家へ帰ると夫は血まみれで倒れていた。犯人探しにのりだした妻の千草は、生前気づかなかった夫の思いがけない一面を知る……。〈解説〉山前　譲
206807-0

あ-10-11
迷子の眠り姫　新装版
赤川次郎
クラス対抗リレーの練習に出かけた昼下がり、誰かに川に突き落とされた高校生の笹倉里加。病院で目を覚ました彼女に不思議な力が！〈解説〉山前　譲
206846-9

あ-10-12
いつもの寄り道
赤川次郎
出張に行ったはずの夫が、温泉旅館で若い女性とともに焼死体で見つかった。夫の手帳を手に入れ、事件の謎に近づく加奈子に危険が迫る！〈解説〉山前　譲
206890-2

か-61-3
八日目の蟬《せみ》
角田光代
逃げて、逃げて、逃げのびたら、私はあなたの母になれるだろうか……。心ゆさぶるラストまで息もつがせぬ傑作長編。第二回中央公論文芸賞受賞作。〈解説〉池澤夏樹
205425-7

み-51-1
あの家に暮らす四人の女
三浦しをん
父を知らない佐知と母の暮らしに友人の雪乃と多恵美が加わり、笑いと珍事に溢れる牧田家。ゆるやかに流れる日々が心の孤独をほぐす。織田作之助賞受賞作。
206601-4

わ-16-1
プレゼント
若竹七海
トラブルメイカーのフリーターと、ピンクの子供用自転車で現場に駆けつける警部補――。間抜けで罪のない隣人たちが起こす事件はいつも危険すぎる！
203306-1